# Winterzon

Linda van Rijn

# Winterzon

*Literaire thriller*

uitgeverij marmer

# Hoofdstuk 1

'ROBIN!' AMBER MUNSTERMAN KEEK OM ZICH HEEN, OP zoek naar de blonde krullen van haar dochter. Ze had Robin vandaag speciaal een knalroze vest aangetrokken, omdat dat lekker opviel op de drukke luchthaven. 'Waar ben... O, daar.'

Ze kreeg haar dochter in het oog, die een meter of vijftien verderop boven op haar handbagagetrolley zat. De trolley, in de vorm van een roze eenhoorn met wieltjes eronder, had ze van haar tante gekregen. Toen Annemieke er een paar weken geleden mee aan kwam zetten, had Amber eigenlijk gedacht dat Robin het ding geen blik waardig zou keuren. Haar dochter had niet zoveel met echte meisjesdingen. Maar Robin was er meteen verliefd op geweest. Amber vond het grappig: haar stoere dochter, die weigerde om rokjes te dragen, helemaal in de ban van een roze eenhoorn met glitters op zijn oren. Nu zat ze op het koffertje als op een paard en keek naar de andere wachtenden met haar typerende mengeling van nieuwsgierigheid en iets brutaals dat Amber altijd aan zichzelf deed denken.

'Krentenbol?'

Ambers schoonmoeder haalde haar uit haar gedachten door een broodje onder haar neus te houden. Amber schudde haar hoofd en moest haar best doen haar neus niet op te halen. Het was goed bedoeld, dat wist ze wel, maar het moest nog halfacht worden. Normaal kreeg ze voor negen uur alleen koffie naar binnen.

Over koffie gesproken, daar kon ze nog wel wat meer van gebruiken. Straks had ze tien uur lang alleen vliegtuigkoffie tot haar beschikking en de kwaliteit daarvan was altijd bedenkelijk.

Ze pakte haar portemonnee. 'Iemand koffie?' vroeg ze.

Bart, haar vriend, knikte. 'Een doppio, graag.'

'Iemand anders?' Amber keek naar haar schoonouders. Die knikten allebei.

'Jij, Sophie?' Ze wierp een blik op haar schoonzus. Die deed haar mond open om iets te zeggen, maar werd toen afgeleid door haar zoontje. Hij was op de grond gaan liggen, neus tegen de vloer, armen boos om zijn hoofd gevouwen.

'Levi...' Sophie hurkte naast hem neer. 'Levi, schatje... Sta eens op.'

Het enige merkbare teken dat het jongetje zijn moeder had gehoord, was het feit dat hij nu met zijn voeten begon te trappen.

Gijs, Levi's vader en de broer van Bart, stond op om zich ermee te bemoeien. Hij raapte zijn zoon van de grond, die daarop reageerde met nog veel meer getrap. Amber deed een stap naar achter toen hij begon te schreeuwen. Een peuterdriftbui op dit tijdstip, ze kon leukere dingen bedenken.

'Ik neem wel een latte voor je mee', mompelde ze tegen haar schoonzus, die knikte en nogal ongelukkig keek.

'Wacht, ik help je.'

Annemieke, Barts jongste zus, kwam overeind en liep met Amber mee naar de koffiebar, die zich een paar gates verderop bevond. Het was er gelukkig rustig en ze waren meteen aan de beurt. Amber plaatste hun bestelling en daarna gingen ze allebei op een barkruk zitten om te wachten.

'Je kan wel merken dat Robin het gewend is om op reis te gaan', zei Annemieke. 'Ze is hartstikke zoet.'

Amber grinnikte. 'Dat is ook een kwestie van geluk hebben. Volgens mij heb ik het enige kind ter wereld dat het echt leuk vindt om op een vliegveld rond te hangen.'

'Daar kan Levi nog wat van leren.' Annemieke trok een gezicht. 'Hoewel, misschien ligt het niet aan hem.'

Amber glimlachte toegeeflijk. Ze proefde heus wel het verborgen commentaar van haar schoonzus, maar het leek haar niet handig om daar nu in mee te gaan. Al was ze het wel met haar eens. Haar neefje was een lief mannetje, maar ook gewoon een tweejarige met een mening, die moest leren dat de wereld niet om hem draaide. Amber had zichzelf tot doel gesteld zich niet te ergeren aan het verwende gedrag van haar neefje en de halfslachtige aanpak die haar schoonzus en zwager eropna hielden. Anders zouden het tien lange dagen worden.

'Echt super van je ouders dat ze dit doen', veranderde ze van onderwerp.

Annemieke knikte. 'Ja, gaaf. Ik heb er zo'n zin in.'

'Anders ik wel.' Amber keek even voor zich uit, haar blik gericht op de barista die bezig was melk op te schuimen. Ze meende het ook. Tien dagen naar Curaçao was natuurlijk heerlijk, en dat haar schoonouders hen hadden uitgenodigd ongelooflijk genereus. Amber had uiteraard niet verteld dat ze bij de uitnodiging aanvankelijk ook wel even haar bedenkingen had gehad. Ze had helemaal geen beroerde schoonfamilie, maar tien dagen met z'n allen in een vakantiehuis was wel het andere uiterste. Het zou haar moeite gaan kosten zich niet te ergeren aan de neiging van haar schoonmoeder om alles te willen regisseren, of aan het verwende gedrag waar Annemieke nog weleens last van had. Die mocht dan bijna dertig zijn en al tien jaar het huis uit, ze was en bleef het jongste kind en gedroeg zich navenant. Een jaar of twee geleden hadden ze eens met de hele familie de kerstdagen doorgebracht in een huisje op de Veluwe. Na twee dagen was Amber echt blij geweest dat ze weer naar huis mochten. Ze had zich op het einde zelfs geërgerd aan haar eigen vriend, die in zijn rol als recalcitrant oudste kind was vervallen en op het dieptepunt zelfs een hele nacht het licht in de badkamer had laten branden omdat hij wist dat zijn vader zich daaraan ergerde. In de auto op weg naar huis had Amber hem toegebeten dat ze een volwassen man wilde, geen eeuwige puber. Het ergste was nog dat Bart het niet eens echt door had gehad.

Na die ervaring had Amber gezworen de volgende keer een eigen huisje te nemen, of beter nog: kerst gewoon niet in zo'n vreselijk huisjespark te vieren, maar lekker thuis.

Maar ja, toen waren Herman en Ineke gekomen met de aankondiging dat ze hun veertigjarig huwelijk graag groots wilden vieren. Amber had eerst gedacht dat ze een groot feest bedoelden. Dat had haar verbaasd, want haar schoonouders hielden helemaal niet zo van dat soort feesten. Ze hadden een kleine club vaste vrienden en waren geen types om honderd man uit te nodigen om hun trouwdag te vieren. Een paar weken later hadden ze echter uit de doeken gedaan wat ze bedoelden met 'groots': met de hele familie tien dagen in een vakantievilla op Curaçao, alles verzorgd en betaald. Ze hadden zelfs al aangekondigd dat alle boodschappen ook voor hun rekening waren. Amber vond het een mooi gebaar en natuurlijk wilde ze niet ondankbaar lijken, want een gratis vakantie was nooit weg. Bovendien was het leuk voor Robin, die dol was op haar opa en oma, haar ooms en tantes en haar neefje. Ze had het er al een week over dat ze met Levi in de zee zou gaan zwemmen. Daarom had Amber zich voorgenomen zich gewoon niet te ergeren. Ze hoopte dat het zou lukken.

'Koffie voor Amber?' De barista was klaar met zijn werk en had de acht koffiebekers verdeeld over twee kartonnen trays. Hij las haar naam voor van de beker, waar zijn collega die met een merkstift op had gekalkt. Amber pakte een aantal suikerzakjes en roerstaafjes. Zij en Annemieke namen allebei een tray en liepen terug naar de gate waar de rest van de familie zat te wachten.

Het werd steeds drukker. Volgens de informatie op de boardingpass zou het instappen al begonnen moeten zijn, maar de twee grondstewardessen achter de balie waren vooral heel druk met telefoneren.

'Waar is Herman?' vroeg Amber verwonderd toen ze de koffie uitdeelde en de beker voor haar schoonvader overhield.

'Daar', wees Bart, licht vermoeid en met een zweem van ergernis.

Amber keek om en zag Hermans grijze hoofd bij de balie. 'Wat is er aan de hand?'

'Niks.' Buiten het zicht van zijn moeder rolde Bart heel kinderachtig met zijn ogen. 'Hij is gaan vragen waarom we nog niet aan het boarden zijn.'

Amber was niet echt verbaasd. Haar schoonvader was eigenlijk gewoon bloednerveus voor de vliegreis, maar dat wilde hij niet toegeven. In plaats daarvan ging hij moeilijk doen over van alles en nog wat. Eerder, in de lange rij voor de handbagagecontrole, had hij om de twee seconden gezegd dat het toch niet normaal was dat er zo'n rij stond terwijl er zeker vijf poortjes dicht waren.

'We mogen er zo in.' Herman voegde zich weer bij zijn familie en vervolgde: 'Als je ze niet een beetje achter de broek zit, vertrekken ze zo een halfuur te laat.'

Amber gaf maar geen antwoord. De opmerking dat op een vlucht als deze een halfuur uitloop heel normaal was, zou vast niet bijdragen aan het humeur van haar schoonvader. Anders dan hij was zij wel blij dat de grondstewardess hun bij het inchecken met een spijtig gezicht had meegedeeld dat er helaas een wijziging in de indeling had moeten plaatsvinden, waardoor ze niet allemaal bij elkaar konden zitten. Sophie, Gijs en Levi zaten aan de andere kant van het gangpad, maar wel op dezelfde rij als Amber, Bart en Robin. Haar schoonouders zaten een paar rijen achter hen, Annemieke en haar vriend Hendrik-Jan een aantal rijen naar voren.

Ineke was helemaal nerveus geworden en had de stewardess drie keer opnieuw uitgelegd dat ze van tevoren had ingecheckt en dat ze toen juist allemaal stoelen bij elkaar had gekozen. De stewardess was erin geslaagd al die tijd te blijven glimlachen en Amber had geen spoortje irritatie weten te ontdekken toen het meisje keer op keer opnieuw had uitgelegd dat door onvoorziene omstandigheden soms passagiers alsnog verplaatst moesten worden. Wat die omstandigheden waren, legde ze niet uit. Herman was nog een beetje boos geworden, maar uiteindelijk was de situatie hetzelfde gebleven. Amber snapte het probleem niet zo, maar had zich ingehouden. Ze hield het er maar op dat haar schoonouders gewoon een beetje gespannen waren. Die maakten zich ook heel druk om de vlucht met twee kleintjes. Misschien kwam dat door Sophie. De afgelopen vijf dagen was de familie-appgroep ontploft met allerlei inpakstress-berichten, voor het grootste deel afkomstig van Sophie. Die had ook zo vaak met de luchtvaartmaatschappij gebeld dat het gênant begon te worden en vanochtend nog had ze verontwaardigd gebriest dat het belachelijk was dat een campingbedje alleen mee mocht tegen betaling van een toeslag. Amber had gevraagd waar ze het campingbed voor nodig had, aangezien er ook eentje in het vakantiehuis aanwezig was, maar volgens Sophie kon Levi 's nachts alleen in zijn eigen bedje slapen. Als hij 's nachts al zou slapen, want Sophie maakte zich enorm druk om de jetlag. Hoe vaak Amber haar ook had verzekerd dat kinderen zich over het algemeen makkelijk aanpasten, Sophie bleef maar doorgaan over het feit dat

Levi helemaal uit zijn ritme werd gehaald en dat het moeilijk zou worden hem er weer in te krijgen. Amber had er vervolgens uit geflapt dat het allemaal best meeviel als je er zelf een beetje relaxed in stond. Gelukkig had Sophie gedaan alsof ze die opmerking niet had gehoord.

Het was wel waar. Robin was nu drie en elk jaar hadden ze met haar een verre reis gemaakt. Vorig jaar in Zuid-Afrika hadden ze natuurlijk geen last gehad van tijdverschil, maar het jaar ervoor waren ze in Thailand geweest en toen Robin acht maanden was, hadden ze een roadtrip door Amerika gemaakt. Natuurlijk kostte het een paar dagen voordat een kind helemaal gewend was, maar zo'n ramp als Sophie er bij voorbaat van maakte, was het nou ook weer niet. Gijs had Amber weleens verteld dat hij graag met Levi op reis had willen gaan voordat hij twee werd en ze een ticket voor hem moesten kopen. Australië had hem leuk geleken, omdat hij er na zijn studie een jaar was geweest en goede herinneringen bewaarde aan die tijd. Maar het plan was voor Sophie onbespreekbaar geweest. De vakantie naar Corfu die ze uiteindelijk hadden geboekt was al een compromis geweest. Sophie wilde naar het Zwarte Woud, omdat ze daar als kind altijd op vakantie was geweest. Gijs op zijn beurt had gezegd dat hij liever thuisbleef dan naar een stacaravan te gaan op een plek waar mooi weer allesbehalve zeker was.

Amber was blij dat Bart en zij dit soort discussies niet hadden. In de drie jaar dat ze met Bart was geweest voordat Robin was geboren, hadden ze elk jaar minstens twee mooie reizen gemaakt. Toen Amber min of meer per ongeluk zwanger was geworden, hadden ze met elkaar afgesproken dat dat niet het einde van hun reizen zou betekenen. En dat was ook niet gebeurd. Amber geloofde er echt in dat als je een kind van jongs af aan eraan wende, je ook met een kleintje prima naar de andere kant van de wereld kon.

Ze keek vertederd naar haar dochter, die van haar eenhoorn-koffer was gestapt en nu voor het grote raam naar het vliegtuig stond te kijken. Een blond jongetje van haar eigen leeftijd had zich bij haar gevoegd en met z'n tweeën duwden ze hun neuzen tegen het raam. Robins gegiechel klonk overal bovenuit.

'Eindelijk, we gaan boarden.' Herman, die net was gaan zitten, schoot weer overeind. Zenuwachtig klemde hij zijn tas onder zijn arm, ongeduldig wachtend tot de rest van de familie overeind kwam. 'Ik loop vast', zei hij, toen het hem blijkbaar te lang duurde.

Amber slikte een opmerking in en wisselde een blik met Bart. Ze grinnikte een beetje toen ze diens vermoeide gezicht zag. Vanuit haar ooghoeken zag ze Herman en Ineke bijna vooraan staan bij de boardingpoortjes.

'Robin!' riep ze, wenkend. 'We gaan het vliegtuig in.'

Haar dochter kwam op haar af, half huppelend. 'Ik mag bij het raam, toch mama?'

'Ja, dat mag. Neem je je koffer even zelf mee?'

Robin greep de eenhoorn en liep achter hen aan. Amber keek naast zich en zag Levi opnieuw protesterend op de grond liggen. Sophies hoofd was inmiddels zo rood als haar T-shirt. Dat zij en Gijs samen een paar zware tassen als handbagage mee hadden en hun wagentje al hadden moeten inleveren, hielp ook niet.

'Hier, hou eens vast', zei Amber. Ze rommelde even in haar tas en gaf die vervolgens aan Bart.

'Levi!' riep ze, zwaaiend met een cadeautje dat ze eigenlijk voor Robin had gekocht. 'Kijk eens...'

Het jongetje hield meteen op met zijn gedrein. Vreemde ogen, dacht Amber met een glimlach. Dat had ze met Robin ook zo vaak meegemaakt. Ze hurkte neer naast haar neefje en zei overredend: 'Kijk Levi, dit cadeautje is voor jou, maar je krijgt het pas als je netjes op je stoel zit, in het vliegtuig.'

Levi keek haar fronsend aan, alsof hij probeerde te peilen of ze hem niet voor de gek hield. Uiteindelijk besloot hij blijkbaar de gok te nemen en kwam langzaam overeind. Amber hoopte maar dat het speeltje – een groen paard met roze manen en een kammetje erbij – voldoende in de smaak zou vallen.

Sophie keek haar aan. 'Dank je wel', mimede ze.

Amber glimlachte schouderophalend. 'Schade en schande', fluisterde ze terug, voor ze aansloten in de rij.

'Dames en heren, wij verzoeken u de stoelriemen vast te maken en uw tafeltje op te klappen. Uw handbagage kunt u kwijt in...'

Terwijl ze luisterde naar het standaardriedeltje van de stewardess, dwaalde Ambers blik door het vliegtuig. In de cabine heerste de gebruikelijke bedrijvigheid van mensen die nog snel iets uit hun bagage wilden pakken en het geklik van stoelriemen die werden vastgemaakt. Stewardessen liepen af en aan door de gangpaden. Jaren geleden, toen ze begin twintig was, had Amber van de ene op de andere dag besloten dat ze stewardess wilde worden. De hele wereld zien en er nog voor betaald worden ook, een mooiere combinatie leek haar niet mogelijk. Ze had gesolliciteerd en was aangenomen. Eerst had ze alleen Europese vluchten gedaan, maar al snel mocht ze ook intercontinentaal vliegen. Haar verwachting dat het geweldig was om betaald de wereld over te reizen, klopte, maar ze had er even geen rekening mee gehouden dat ze tijdens de vlucht werk moest doen dat ze helemaal niet leuk vond. Ze had heus wel lol met haar collega's, maar sommige passagiers waren ronduit vreselijk en dan duurde zelfs een simpel vluchtje naar Barcelona heel erg lang. Het leek ook wel alsof zij altijd een paar zeikerds in haar compartiment had, al kwam dat volgens haar collega's vooral door het feit dat zij nogal snel vond dat mensen niet zo moesten zeuren. Een glaasje water, o nee, toch spa rood, of nee, toch liever cola. En dan was ze al drie keer heen en weer gelopen. Om het nog maar niet te hebben over passagiers die klaagden over te weinig beenruimte. Amber had eens gezegd dat ze dan maar een businessclass-ticket hadden moeten boeken, waarna het betreffende echtpaar bij de purser had geklaagd over haar grote mond. En zij had nog een waarschuwing gekregen ook. Ze was, kortom, niet gemaakt voor het dienstverlenende aspect van de baan. Langer dan anderhalf jaar had ze het dan ook niet volgehouden, maar toen had ze wel het grootste deel van haar wensenlijstje aan landen afgewerkt. Vijf of zes dagen op een bestemming was natuurlijk niet genoeg om het hele land te zien, maar het hielp wel dat ze altijd van 's ochtends vroeg tot 's avonds laat op pad was gegaan en niet, net als haar collega's, tot diep in de nacht was gaan feesten om vervolgens tot na het middaguur te slapen en daarna brak bij het zwembad te gaan liggen. Daardoor was ze altijd een vreemde eend in de bijt gebleven, maar dat interesseerde haar niet. Dat was ze eigenlijk haar hele leven al geweest.

Het was niet echt een verrassing dat haar contract niet werd verlengd. En ze was er ook niet rouwig om geweest.

'Mama?'

Robins stem haalde haar uit haar gedachten. Haar dochter zat op haar knieën op haar stoel met haar neus tegen het raampje geplakt.

'Ja, schat?'

'Ik zie duizend vliegtuigen!'

'Zoveel?' glimlachte Amber.

'Nee, nog veel meer!'

'Dat is mooi, lieverd.' Ze reikte naar haar dochter. 'Ga op je billen zitten, want je moet je riem om.'

Even deed Robin alsof ze het niet hoorde.

'Robin...' Amber liet haar stem waarschuwend klinken. Onwillig liet Robin zich op de stoel zakken. Ze keek haar moeder verongelijkt aan, maar liet zich wel in de gordel gespen.

Even later zette het vliegtuig zich in beweging. Ze bewogen weg van de terminal naar de startbaan. Via de speaker liet de gezagvoerder weten dat ze vanaf de Polderbaan zouden vertrekken en dat het wat tijd zou kosten om daar te komen.

Amber keek naar buiten terwijl ze over de luchthaven taxieden. Het was begin december en Schiphol bood een troosteloze aanblik. Het asfalt was nat, het gras viesgroen en modderig. De lichtjes van de andere vliegtuigen vervormden tot uitgerekte lichtbundels. Je hoefde niet buiten te zijn om de gure kou te voelen, die sprak al uit de bomen die bogen in de harde wind. Over het vliegtuigraampje sijpelden druppels miezerregen naar beneden. Amber volgde hun baan met haar ogen. Voor volgende week was natte sneeuw voorspeld.

Een betere timing om naar Curaçao te vertrekken bestond bijna niet. Amber was niet gemaakt voor de winter. Als het even kon, planden Bart en zij hun verre reizen tussen november en februari. Januari was helemaal haar favoriete maand om weg te zijn. Net na de feestdagen en met de lente nog ver weg, leek die maand altijd onnoemelijk lang te duren, helemaal als het van dat Nederlandse weer was. Amber hield niet van sneeuw, maar ze had nog liever een dik pak dan die halfslachtige winterregen. Het grootste deel van de dagen werd het niet eens licht. Vandaag was trouwens ook zo'n dag. Het wolkendek hing zo laag dat het licht moeite had erdoorheen te komen.

Amber leunde achterover in haar stoel en wachtte geduldig tot ze bij de startbaan waren. Daar moesten ze nog even op hun beurt wachten. Ze keek naar de twee stewardessen die ter hoogte van de nooduitgang op hun stoel zaten, in omgekeerde richting. Toen ze nog vloog had ze collega's gehad die misselijk werden tijdens de start, omdat ze niet tegen achteruitrijden konden. Amber had er zelf nooit last van gehad, al bezorgde opstijgen en landen haar altijd wel een wee gevoel in haar maag. Ze reikte naar de stoelzak en haalde er een pakje kauwgom uit.

Met een schok zette het vliegtuig zich weer in beweging. Het geronk van de motoren werd luider. Ze werd in de stoel gedrukt toen het vliegtuig vaart maakte.

'Mama!' Robin klopte op haar arm en wees naar buiten. 'Kijk hoe hard we gaan.'

'Ik zie het, schat.'

Even later kwam het vliegtuig van de grond. Amber keek naast zich en zag Levi zo'n beetje over het gangpad heen hangen om ook iets door het raampje te kunnen zien. Hij had rode wangen van opwinding, zijn bruine haartjes zaten warrig. In zijn ogen lag zijn vertrouwde boevenblik. Het was eigenlijk vreemd dat een stel dat zo braaf was als Sophie en Gijs, zo'n boef als kind had gekregen. Misschien waren het Gijs' genen. Volgens Bart had die vroeger ook allerlei streken uitgehaald, al was daar nu niks meer van te merken.

Ze wendde haar blik af en keek door het raampje hoe de gebouwen op de grond steeds kleiner en kleiner werden. Ze gingen door de wolken, die het zicht wegnamen. Amber keek naar Robin, die maar gebiologeerd uit het raam bleef staren. Er klonk een belletje en het lampje van de stoelriemen ging uit, maar Amber liet die van haar en haar dochter om.

'Alstublieft.' Er kwam een stewardess voorbij met verfrissingsdoekjes. Amber pakte er een aan en gebruikte die om eerst Robins gezicht en toen haar handen schoon te boenen. Haar dochter had het talent om altijd wel ergens een zwarte veeg te krijgen. Robin protesteerde, maar Amber negeerde haar. Gelukkig kwam er vrijwel meteen daarna iemand voorbij met koptelefoons. Nog geen tien minuten nadat ze waren opgestegen, zat Robin al naar een tekenfilm te kijken. Amber knikte tevreden. Nu had ze zeker een uur haar handen vrij. Of langer, want haar dochter was behoorlijk schermverslaafd.

Ze keek naar Bart, die glimlachend naar Robin keek en zich daarna verdiepte in de ochtendkrant. Amber overwoog haar opties. Ze had geen zin om een film te kijken, dus pakte ze het boek dat ze al uit haar tas had gehaald, maar ze liet het dichtgeslagen op haar schoot liggen. In plaats daarvan nam ze in gedachten de dag tot nu toe door. Het was haar gelukt zich niet al te veel te ergeren aan het zenuwpezige gedoe van haar schoonouders en daarvoor gaf ze zichzelf in gedachten glimlachend een compliment.

Ze legde haar hoofd tegen de hoofdsteun. Het gestage gezoem van de motoren maakte dat haar oogleden al zwaar begonnen te worden. Vliegtuigen, auto's, zelfs in de trein, ze kon overal slapen. Langzaam vielen haar ogen dicht. Haar laatste gedachte was dat ze wel op tijd wakker moest worden voor het eten.

# Hoofdstuk 2

'KIP OF PASTA?'

Het geluid kwam van ver weg en het duurde even voordat het doordrong. Langzaam deed Amber haar ogen open, knipperde even en zag toen dat er een trolley naast haar stond. Ze deed haar mond open om antwoord te geven, maar de slaap was nog niet genoeg verdreven.

'Wilt u kip of pasta?' herhaalde een stewardess met afgemeten vriendelijkheid. Amber richtte zich op en wilde alsnog antwoord geven, maar toen pas realiseerde ze zich dat de vraag voor de persoon op de stoel voor haar was bedoeld.

Ze knipperde een paar keer en keek op haar horloge. Toch bijna twee uur geslapen. Eigenlijk vond ze het nog wat vroeg voor een warme maaltijd, maar in het vliegtuig was het normaal om die als lunch te serveren.

Even later bestelde ze kip voor zichzelf en pasta voor Robin. Haar dochter zat in precies dezelfde houding als twee uur geleden naar een film te kijken. Amber vond het verbazend hoe bewegingloos Robin naar een scherm kon staren, terwijl ze er normaal niet in slaagde meer dan drie seconden stil te zitten.

'Best lekker', zei Bart, die ook kip had genomen. Amber knikte. Mensen klaagden vaak over het eten in vliegtuigen, maar eigenlijk was het de laatste jaren veel beter geworden. In de businessclass werden zelfs maaltijden geserveerd die door sterrenchefs waren bedacht.

Na het eten zette Amber Robins tekenfilm af. Binnen een paar minuten viel haar dochter in slaap. Normaal deed ze allang geen middagslaapje meer, maar in de auto of in een vliegtuig dommelde ze meestal in door het gestage gebrom van de motor. Amber borg haar boek ongelezen op en zette haar koptelefoon op. Ze zocht tussen de films, maar kon niks vinden en liet uiteindelijk het beeld staan waarop je kon zien hoelang de vlucht nog duurde. Ze waren nu boven de oceaan, al raakte de staart van het vliegtuig op het scherm nog net het vasteland van Europa. Ze waren nog lang niet op de helft. Zoals wel vaker verbaasde ze zich erover hoe oneindig lang een vlucht duurde als je gewoon op je stoel moest wachten. Toen ze nog als stewardess werkte, was zelfs een vlucht van tien uur of langer zo voorbij.

Ze liet haar blik over de rijen dwalen. Een paar rijen schuin voor haar had Annemieke een film opgestart. Amber kneep haar ogen samen. Het leek er eentje van Shopaholic te zijn. Amber schudde glimlachend haar hoofd. Als je zou zeggen dat Annemieke achttien was, zou ze het ook geloven. Het leek soms alsof haar schoonzusje niet wilde opgroeien. Volgens Bart kwam het doordat ze het jongste zusje was, altijd in de luwte van haar twee broers en helemaal levend in die rol. Vooral Gijs had zich opgesteld als de beschermende grote broer, Bart was altijd wat meer zijn eigen gang gegaan.

Amber vroeg zich weleens af of Hendrik-Jan eigenlijk de rol van beschermer had overgenomen. Of dat de reden was dat ze bij elkaar waren gekomen. Want op het eerste gezicht was de brede ex-marinier een vreemde keuze voor een luxe poppetje als Annemieke, maar ze nestelde zich in zijn brede armen. Letterlijk, maar vooral figuurlijk. Als Annemieke zich weer eens gekrenkt voelde, moest Hendrik-Jan het voor haar oplossen.

Toch waren ze heel erg verschillend. Annemieke wilde alleen op vakantie als ze naar een vijfsterrenhotel ging en de halve dag in het wellness centre kon zitten, Hendrik-Jan had uitzendingen in Afghanistan en Tsjaad op zijn naam staan. Annemieke durfde niet zonder haar moeder naar de tandarts, Hendrik-Jan had naast een zwaargewonde collega gezeten, ergens in de woestijn, wachtend op de helikopter met noodhulp. De arm van die collega was zo zwaar beschadigd geweest dat die niet meer gered kon worden.

Op zich mocht Amber Hendrik-Jan wel. Ze had respect voor zijn werk en zijn levenservaring. Het was alleen jammer dat hij nogal in zijn nopjes was met zichzelf. Hij liet geen mogelijkheid onbenut om over de uitzendingen te praten, waarbij hij zijn eigen rol in de jaren dat Amber hem kende elke keer een beetje mooier had gemaakt. Ze wist niet welke rang hij had, maar ze kon zich niet voorstellen dat Hendrik-Jan op zijn tweeëntwintigste al de beslissingen had mogen nemen waarvan hij beweerde dat hij ze had genomen. Maar goed, zoveel zag ze Hendrik-Jan niet. De verplichte bijeenkomsten van de familie. Verjaardagen, feestdagen, en daarnaast misschien nog een paar keer per jaar. Het leeftijdsverschil tussen Annemieke en Bart was zes jaar, maar het leken er soms wel twintig.

Gijs zat dichter op Annemieke, ze scheelden krap twee jaar. Misschien kwam het daardoor dat zij twee handen op één buik waren. Amber wist dat ze elke dag wel even met elkaar appten. Bart had ook een goede band met allebei, maar zo close als zij was hij niet. Dat zou ook niet werken, het zou alleen maar tot irritaties leiden. Bart vond dat Annemieke eens wat meer van de wereld moest worden, wat harder, een doorzetter. Amber was het wel met hem eens. Als Annemieke ook maar het kleinste tikje kreeg, zette ze meteen een keel op. Niet letterlijk, maar het was niet voor niks dat het nooit aan Annemieke lag als er problemen waren. Op het werk, met vrienden, het lag nooit aan haar. Amber vroeg zich af hoe Hendrik-Jan daarmee omging.

Amber had zich een tijdje behoorlijk gestoord aan de houding van Barts zusje, tot ze zich had afgevraagd wat het haar eigenlijk kon schelen. Ze had eens gelezen dat als iemand je irriteert, dat meer zegt over jezelf dan over die ander. En misschien was dat in dit geval ook wel zo. Annemieke was, zoals Amber het zag, geboren met een gouden lepeltje in haar mond. Na haar zorgeloze jeugd was ze met Hendrik-Jan gaan samenwonen en die leek ervoor te zorgen dat het haar aan niks ontbrak. Als Annemieke iets wilde, kreeg ze het meteen. Amber had zich weleens afgevraagd waar ze die dure kleren en tassen van betaalden.

Amber zelf had hard moeten knokken om te komen waar ze nu was. Voor haar geen beschermende broers of ouders met een normaal en stabiel inkomen. Geen geregeld leven tijdens haar jeugd, geen gezellige gezinsvakanties met fijne herinneringen, niet eens een vader die trots was als ze een goed rapport had. Ze was opgegroeid bij haar moeder in een sociale huurflat, waarvan de maandelijkse huur vaker niet dan wel werd betaald. Haar moeder was een zelfbenoemd kunstenares, wat zich vooral uitte in heel veel vreemde types over de vloer en nooit geld voor iets leuks. Amber herinnerde zich nog precies hoe ze vroeger in bed had liggen wensen dat die rare mannen en vrouwen met hun lange haren, veel te luide stemmen en stinkende sigaretten – waarvan ze zich later pas realiseerde dat het niet alleen maar sigaretten waren geweest – eindelijk ophoepelden. Soms gebeurde dat diep in de nacht, soms wekenlang niet. Eén vriend van haar moeder had maandenlang bij hen gebivakkeerd, liggend op de bank, rokend, drinkend. Amber had haar moeder zelfs gevraagd of het haar vader was. Ze herinnerde zich nog precies de lange uithalen waarmee haar moeder om die vraag had gelachen.

Haar vader was al sinds haar geboorte uit beeld. Rond haar zestiende had Amber een tijdje de behoefte gehad om hem te zoeken, maar echte actie had ze nooit ondernomen. Haar moeder had haar altijd verteld dat haar vader – of verwekker, zoals zij hem noemde – was weggerend zodra hij vernam dat Amber in aantocht was. Amber wist niet zeker of dat waar was, of dat het misschien andersom was geweest, maar ze had er uiteindelijk voor gekozen haar tijd en energie niet te stoppen in een zoektocht naar iemand die ook geen moeite voor haar had gedaan.

Amber had al vroeg geleerd om voor zichzelf te zorgen, een eigenschap die haar in haar latere leven zowel voordeel had opgeleverd als in de weg had gezeten. Menig relatie was gesneuveld door haar hang naar onafhankelijkheid. Omdat ze niet haar hele leven alleen wilde blijven, had ze met hulp van een therapeut geleerd hoe ze zich voor iemand anders kon openstellen zonder zichzelf te verliezen. Precies één maand na het afronden van haar therapie ontmoette ze Bart. Ze was verliefd geworden zoals ze nog nooit op iemand verliefd was geworden. Altijd had ze in relaties een reserve gevoeld, een emotionele buffer die ze onbewust vast inbouwde voor als het weer fout ging. Want het ging altijd fout. Maar bij Bart was die buffer er niet geweest. Ze wist niet of het kwam doordat ze nooit eerder iemand was tegengekomen van wie ze zoveel hield, of doordat ze eindelijk een beetje had geleerd hoe het werkte met relaties. Hoe ze van iemand kon houden zonder bang te zijn voor de eventuele pijn die daaruit zou kunnen voortvloeien. Hoe ze een relatie kon hebben zonder de voortdurende angst dat ze haar onafhankelijkheid zou verliezen. Het was niet altijd makkelijk en er waren echt wel momenten geweest dat ze zichzelf of Bart dwars had gezeten, maar het ging nu al zes jaar goed.

Ze had Bart aan haar moeder voorgesteld, en dat was ook de enige keer geweest dat die twee elkaar hadden gezien. Haar moeder was inmiddels bijna zeventig en woonde in een woongroep van kunstenaars. Heel af en toe belde Amber, maar er ging vaak rustig een halfjaar of langer overheen. Ze kwam er nooit. Ze was niet boos op haar moeder. Niet meer. Uit zelfbescherming. Boosheid bracht je niet verder, acceptatie wel. Dat was geen wijsheid die ze zelf had bedacht, het had haar therapeut meer dan een jaar gekost om haar dat te laten inzien. Haar moeder zou nooit veranderen, aan haar jeugd kon ze niks meer doen. Het was makkelijk om te blijven hangen in woede, maar woede leidde tot verbittering, zo had ze zich dankzij de therapie eindelijk gerealiseerd. En Amber wilde haar leven niet laten vergallen.

Op haar vijftiende had ze al te horen gekregen dat ze te veel geld kostte, en geld was er niet. Amber had op haar moeders naam een krantenwijk genomen tot ze na een halfjaar in de gaten kreeg dat het geld dat ze ermee verdiende, helemaal door haar moeder werd ingepikt. Ze had op een zeldzaam moment dat het erin zat, geld gestolen uit haar moeders portemonnee en was op de trein naar Amsterdam gestapt. Het enige wat ze bij zich had, was een briefje met het adres van haar tante Lea. Niet dat de zus van haar moeder haar leven nou echt op de rit had, maar Amber had zich in elk geval vele malen meer welkom gevoeld. Haar tante woonde op een kleine zolderetage aan de Overtoom. Amber had geen eigen kamer maar Lea had een piepkleine berging voor haar uitgeruimd en daar paste net een bed in. Lea had nooit kinderen gekregen en vond dat prima, maar tot aan haar dood een paar jaar geleden had ze vaak gezegd dat de tijd met Amber de leukste uit haar leven was geweest. Voor Amber zelf was het in elk geval de leukste tijd uit haar jeugd geweest. Ze maakte haar school af en vond daarna een baantje op een administratiekantoor. Daar maakte ze lange dagen, maar dat gaf niet. Als ze thuiskwam, was tante Lea altijd geïnteresseerd in wat ze die dag had gedaan. Amber voelde zich welkom en geliefd, en dat was nog niet eerder in haar leven zo geweest. Dat haar moeder ronduit laconiek reageerde toen Amber haar na drie dagen had verteld dat ze niet meer terugkwam, zei eigenlijk al genoeg.

Achteraf bezien was de tijd bij tante Lea ook leerzaam geweest. Ze was nu blij dat ze al jong aan den lijve had ondervonden dat je van hard werken niet doodging.

Hoewel ze het altijd naar haar zin had gehad op haar werk, was het werk uiteindelijk saai geworden. De kans om stewardess te worden had ze dan ook met beide handen aangegrepen. Na die tijd was ze teruggegaan naar een kantoorbaan, deze keer op het hoofdkantoor van een grote supermarktketen. Hoewel ze opnieuw administratief medewerker was geweest, had ze de kans gekregen rond te kijken op de marketingafdeling en daar had ze zich gerealiseerd dat dat de kant was die ze op wilde. Het was best pittig geweest om naast een fulltimebaan ook nog haar NIMA-A en NIMA-B te halen en een paar keer had ze op het punt gestaan met de opleiding te stoppen. Gelukkig was er altijd wel een docent, decaan of vriendin geweest die haar er toch doorheen had gepraat.

Met haar diploma op zak, had ze gesolliciteerd op de marketingafdeling van het bedrijf waar ze al werkte. Dat ze was afgewezen, vond ze destijds een enorme deceptie, maar achteraf moest ze toegeven dat de hr-dame die bij het gesprek was geweest, groot gelijk had gehad. Ze was niet gemaakt voor grote bedrijven met hun aandeelhouders, vele regels en soms logge organisatiecultuur. Ze hield van de energie en creativiteit van kleine bedrijfjes, van iets opbouwen en dan weer door naar het volgende project. Tegenwoordig was ze freelance marketeer en hielp ze vooral kleine start-ups aan een goed marketingplan. En ja, dan gebeurde het weleens dat er een rekening niet werd betaald, maar dat had ze allang geaccepteerd.

Het had een jaar geduurd voordat haar bedrijfje een beetje was gaan lopen. Toen had ze via via wat meer opdrachten gekregen. En, moest ze eerlijk toegeven, ze had ook nog wel een aantal opdrachten binnengehaald in het uitgaanscircuit. Daar was ze niet echt trots op, maar aan de andere kant: ze had er nooit echt moeite mee gehad het bed te delen met mannen die ze net een paar uur kende en als daar dan uiteindelijk een opdracht uit voortvloeide, zei ze natuurlijk geen nee. In de tijd dat ze maar wat aanrommelde, had ze het nooit heel nauw genomen met trouw. Later had haar therapeut haar doen inzien dat dat ook een manier van zelfbescherming was, van je niet durven binden. Nooit vol voor iemand gaan, altijd een plan B hebben. Amber was er trots op dat ze in haar huidige relatie niet eens meer naar anderen keek. Ze wierp een blik opzij, naar Bart, die af en toe hardop zat te grinniken om de film die hij aan het kijken was. Ze zou ook wel gek zijn als ze dit kapot zou maken. Ze stak haar hand uit en legde die op Barts knie. Hij keek haar vragend aan, maar Amber schudde haar hoofd.

Ze richtte haar blik op haar eigen scherm. Ze zocht opnieuw tussen de films, zette er uiteindelijk eentje op waarvan ze de titel niet kende maar die een combinatie tussen romantiek en horror beloofde, en legde haar hoofd tegen de steun. Tijd om een hele film te kijken was een luxe die ze niet elke dag had en daar kon ze maar beter van genieten.

'Dames en heren, wij naderen de luchthaven van Curaçao. Zoals u zult merken, heeft de gezagvoerder de daling ingezet. Wij verzoeken u vriendelijk om uw bagage...'

De stem van de stewardess die via de speaker door de cabine klonk, haalde Amber uit haar halfslaap. Ze knipperde een paar keer en keek daas om zich heen. Haar mond was droog en ze voelde de vage misselijkheid die hoorde bij wakker worden in een vliegtuig. Haar schermpje was zwart, de koptelefoon hing scheef om haar nek. Ze kon zich niet herinneren dat ze de tweede film die ze had opgezet, ook had afgekeken.

Langzaam draaide ze haar pijnlijke nek van links naar rechts. Robin lag diep te slapen, aan haar andere zijde werd Bart ook net wakker. Hij keek op zijn horloge. 'Zijn we er?' vroeg hij.

Amber knikte. 'Bijna.'

Bart leunde naar voren om een blik op Robin te kunnen werpen. Hij glimlachte en keek daarna vertederd naar Amber. 'Modelkind.'

Amber knikte. Robin had zich inderdaad voorbeeldig gedragen. Terwijl Amber een film aan het kijken was, was ze wakker geworden met de mededeling dat ze honger had. Amber had haar een paar crackertjes gegeven en Robin had zich nog een tijdje vermaakt met de tekenspullen en kleine cadeautjes die Amber voor haar had gekocht. Daarna had ze gezegd dat ze weer moe was. Amber had nog even staan zweten toen ze in een klein toilethokje een poepluier moest verschonen. Ook al had Robin de leeftijd om allang zindelijk te zijn, ze weigerde het pertinent. Amber had al van alles geprobeerd, maar uiteindelijk had ze zich erbij neergelegd dat haar dochter er blijkbaar nog niet aan toe was. Ze had haar pogingen opgegeven en wachtte nu maar af tot Robin vanzelf zindelijk zou worden.

Nadat ze een schone luier had gekregen, was Robin voor de tweede keer op haar stoel in slaap gevallen. De rest van de vlucht had ze af en aan geslapen. Tussendoor had ze gespeeld met haar nieuwe speelgoed en ze had een tijdje bij Ineke op schoot gezeten. Dat was wel het voordeel aan vliegen met de hele familie, bedacht Amber. Hoe meer mensen er waren, hoe meer entertainment voor Robin en entertainment was alles tijdens een lange vlucht.

Ze reikte over Robin heen en schoof het gordijn een klein stukje omhoog. Fel zonlicht viel in een streep naar binnen. Onder zich zag Amber het diepe blauw van de Caribische Zee, her en der onderbroken door het witte schuim van brekende golven. Alleen al de aanblik bezorgde haar een zomergevoel, het leek meteen een paar graden warmer te zijn in het vliegtuig.

Nog geen twintig minuten later legde het vliegtuig de laatste paar meter van de daling af. Met een klap raakten de wielen de grond. Amber werd tegen haar gordel geduwd toen het toestel in de remmen schoot en daarna tot stilstand kwam. Hato was maar een klein vliegveld en al snel stonden ze naast de gate. Nog voor het lampje uit was gegaan hoorde ze overal om haar heen het geklik van gordels die werden opengemaakt. Mensen stonden op om zo snel mogelijk hun handbagage uit de bakken te halen. Amber vond dat altijd een beetje onzinnig. Bij de paspoortcontrole kwam je die mensen weer tegen, en het duurde toch altijd vreselijk lang voordat de bagage er was.

Amber keek achterom en zag Herman, zich in een moeilijke hoek wurmend om zijn tas en die van Ineke te pakken. Het verbaasde haar ook eigenlijk niet. 'Wij gaan vast in de rij voor de douane', zei hij toen hij voorbijschuifelde, Ineke achter hem aan. 'Dan staan we daar meteen vooraan.'

Amber gaf geen antwoord, Bart knikte. Geduldig wachtten ze tot ze ruimte hadden om hun spullen uit het bagagevak te halen. Sophie en Gijs volgden hun voorbeeld, Annemieke en Hendrik-Jan waren al weg. Als een van de laatsten verlieten ze het vliegtuig. Dat had als voordeel dat tegen de tijd dat ze de paspoortcontrole hadden gehad en naar de bagageband liepen, hun koffers net door het luik kwamen. Herman stond op zijn horloge te kijken.

'We hadden tien minuten geleden de huurauto al moeten ophalen.'

'Welnee, pa.' Bart schudde zijn hoofd. 'De tijd die je doorgeeft is altijd maar een indicatie.'

'Er stond bij dat ze de auto opnieuw kunnen verhuren als je te laat bent.'

'Een dag ja, niet een halfuur.'

'Ik denk dat ik vast die kant op loop.'

Bart zei niets meer, Amber zag aan zijn mond dat hij geïrriteerd was. 'Laten we met z'n allen gaan', zei ze. 'Onze koffers zijn er nu ook en de autoverhuur is maar een paar minuten lopen.'

Terwijl Herman ongeduldig toekeek, laadden ze hun bagage op twee wagentjes. Daarna liepen ze via de aankomsthal naar buiten, richting de overkapping waar de balies van de verhuurbedrijven zich bevonden. Bij sommige balies stond een lange rij, maar gelukkig waren zij meteen aan de beurt.

Amber ging op een bankje zitten en gaf Robin haar telefoon om mee te spelen. Ze keek om zich heen en snoof diep. De lucht was zwaar van tropische warmte, de fans aan het plafond brachten daar nauwelijks verandering in. Het had onlangs geregend, want op de parkeerplaats waar ze net voorbij waren gekomen lagen nog plassen. Het zware vocht in de lucht maakte dat ze een beetje zweette. Ze hield van de warmte, en het idee dat ze binnen afzienbare tijd een duik in een verkoelend zwembad kon nemen terwijl in Nederland de vieze herfstregen tegen de ruiten sloeg, maakte haar nu al gelukkig.

Amber begreep nooit precies de enorme hoeveelheid papierwerk die er kwam kijken bij het huren van een auto, maar nadat zowel Herman als Bart op vijf verschillende formulieren handtekeningen had gezet, liep er eindelijk iemand weg om hun auto's te halen. Er waren er twee gehuurd, waarvan eentje met een dubbele achterbank. Amber had het liefst op eigen kosten een auto voor henzelf willen huren zodat ze niet de hele tijd het gevoel had dat ze moest overleggen, maar dat kon ze volgens Bart niet maken. Ze zag niet helemaal in waarom niet, maar had zich uiteindelijk neergelegd bij zijn mening dat het gevoelig lag.

'We kunnen gaan.' Ineke kwam aangelopen, met een rood gezicht. Een vochtige haarlok viel over haar voorhoofd. 'Wat een hitte, zeg.'

Amber kwam overeind en duwde het bagagekarretje naar de parkeerplaats. Het kostte wat moeite om alle bagage in de kleine achterbak te krijgen, maar uiteindelijk konden ze dan gaan, Sophie en Gijs op de eerste achterbank, Levi en Robin op de tweede. Amber kroop achter het stuur, Bart naast haar.

'Dat jij dat durft', zei Sophie. 'Ik vind rijden in het buitenland doodeng.'

'Hoezo?' Amber startte de motor, die wat hoestend tot leven kwam. 'Ik vind het juist wel leuk. En ik heb hier eerder gereden, al is het minstens vijftien jaar geleden.' Ze gaf een dot gas en de auto schoot naar voren. 'Sorry', grijnsde ze verontschuldigend.

De tweede keer reed ze wat subtieler weg. Terwijl ze de auto naar de uitgang van het parkeerterrein stuurde, stelde Bart het navigatiesysteem in op het juiste adres. Amber draaide aan de volumeknop van de radio en de zomerse tune van Dolfijn FM schalde door de auto. Ze trommelde mee op het stuur, terwijl ze richting aangaf en de auto tussen twee auto's de drukke weg op draaide. Ondertussen deed ze alsof ze Sophies verschrikte zucht op de achterbank niet hoorde.

'Mooi zwembad.' Amber had de terrasdeuren opengemaakt en liep naar de rand van het turkooisblauwe water. Het grote bad had een statige trap aan de linkerkant en nog twee kleine trappetjes aan de andere. Zo te zien liep de bodem schuin af en was het aan de rechterkant best diep. Ze wist niet waarom, maar ze had een soort pierenbad verwacht, niet dit volwaardige zwembad. 'Echt prachtig.'

'Twee keer per week komt er iemand voor het onderhoud', vertelde de hoogblonde vrouw die zich had voorgesteld als Angela en die werkte voor het verhuurbedrijf.

'Daar heb je verder geen last van. Hij komt achterom en is maar een kwartiertje bezig. Hij is ongevaarlijk, maar je moet hem niet voeren.' Ze was zelf degene die het hardst om haar grap lachte. Een daverende lach waarin doorklonk dat ze te veel rookte. 'Goed', zei ze toen ze klaar was. 'Hebben jullie nog vragen?'

Herman en Ineke schudden hun hoofd, Amber gaf geen antwoord. Ze had de plichtplegingen aan haar schoonouders overgelaten en was, nadat ze de spullen uit de auto had gehaald, meteen doorgelopen naar buiten.

'Mag ik zwemmen, mama?' Blijkbaar had Bart de koffers opengemaakt, want Robin kwam aan met haar badpak in haar hand. Doordat ze in het vliegtuig had geslapen, was ze nu helemaal niet moe, ook al was het in Nederland al avond. En het was ook wel goed dat ze nu nog even opbleef, des te sneller zou de jetlag over zijn.

'Natuurlijk, schat.' Amber hielp haar dochter in de feloranje badkleding en liep daarna naar binnen om haar eigen bikini en Robins zwembandjes te halen.

In hun slaapkamer had Bart zich al omgekleed. 'Die koffers komen later wel', zei hij met een blik op hun bagage, die slordig in een hoek was gestouwd. 'Eerst de leuke dingen.'

'Precies. Even mijn bikini aantrekken en dan kom ik eraan.'

Bart verdween alvast naar buiten. Vanuit de slaapkamer hoorde Amber Angela gedag roepen. Ze keek even uit het raam en zag de vrouw in haar kleine, witte Fiat stappen en wegrijden. Amber liet haar blik van links naar rechts over het park gaan. Overal stond hetzelfde type huis: witte muren, oranje daken, weelderige bloemen in de tuin.

Ze had van tevoren op de site van het verhuurbedrijf gekeken en gezien dat het zo'n beetje alle villa's in dit park onder zijn hoede had. De huizen waren privébezit, maar in de tijd dat de eigenaars er niet waren deden ze dienst als vakantievilla. Ze waren zeker niet goedkoop, maar voor dat geld kreeg je dan wel een prachtig huis, veelal met zwembad in de tuin, op een bewaakt resort. Dat laatste was geen overbodige luxe, als je de berichten mocht geloven. Amber had gelezen dat de criminaliteit de laatste jaren enorm was gestegen, zowel op de kleine schaal van inbraken en beroving als op de grote schaal van drugshandel en huurmoorden. Al scheen je er als toerist met een beetje gezond verstand weinig last van te hebben.

'Mam, kom je nou?' Ongeduldig kwam Robin de slaapkamer binnengewandeld. 'Ik wil zwemmen, maar papa zegt dat ik op mijn bandjes moet wachten.'

'Ja, lieverd.' Amber draaide weg bij het raam en liep naar haar koffer om haar bikini te pakken. Even later kwam ze met een pareo om haar middel weer naar buiten.

'Wat ga je doen?' vroeg Sophie, die met een verhit gezicht een grote sporttas naar binnen sjouwde.

'Zwemmen, natuurlijk.'

'Heb je al uitgepakt?'

'Nee. Gelukkig lag de zwemkleding bovenop.'

'Ik ga eerst even de kast inruimen. Ik word gek als ik alles in de koffer moet zoeken.'

Amber haalde haar schouders op. 'Gaan Gijs en Levi mee dan? Of alleen Levi? Hij heeft vast wel zin om in het water te spelen na die lange reis.'

Sophie keek haar aan alsof ze gek was geworden. 'Hij is hartstikke moe. Ik denk dat ik hem zo een boterham geef en hem dan in bed leg. In Nederland is het allang zijn bedtijd en als hij er niet op tijd in ligt, raakt hij veel te veel van slag.'

Amber knikte even en deed er verder het zwijgen toe. Terwijl ze naar het zwembad liep, blies ze Robins bandjes op. Ze schoof ze om de dunne armpjes van haar dochter. Daarna nam ze een aanloopje, rende en liet zich met een grote plons in het weldadig koele water vallen.

# *Hoofdstuk 3*

MISSCHIEN VOND ZE DE AVONDEN WEL HET FIJNST. ALS het donker was gevallen en geluiden de lucht vulden. Dichtbij tussen de begroeiing in de tuin hoorde ze de fluitkikkers, die het geluid van de krekels overstemden. Er klonk geritsel van gekko's die tussen de stenen door schoten. In de verte zat een hond onophoudelijk te blaffen.

Amber nam een slok wijn. Ze was als enige overgebleven aan tafel. Haar schoonouders ruimden de keuken op en hadden haar hulp afgeslagen. Bart had Robin onder de douche gezet. Haar schreeuwende protest klonk tot op het terras. Gijs en Sophie waren met Levi bezig en Annemieke en Hendrik-Jan waren zich aan het omkleden, omdat ze nog een keer wilden zwemmen. De onderwaterverlichting maakte dat het bad er ook 's avonds prachtig uitzag, maar Amber had geen zin om er nu in te gaan. Ze waren vandaag – op een uitstapje naar de supermarkt na – de hele dag in het huis geweest en ze had al uren gezwommen. Robin had het enorm naar haar zin gehad en daar had Amber dan weer van genoten. Ze hadden een grote opblaaskrokodil voor haar gekocht en na enig aarzelen durfde Robin nu vanaf de kant boven op het beest te springen. De eerste keer dat ze daarbij kopje-onder ging had ze een halfuur snikkend op de kant gezeten, maar daarna had ze zich vermand en nu kwam ze grijnzend boven als het gebeurde. Daar was ze zelf heel trots op, want ze had tijdens het eten niks anders gedaan dan vertellen dat ze een onderzeeër was. Hendrik-Jan had haar dat woord geleerd. Hij had een hele tekening gemaakt om uit te leggen wat dat precies was, en Robin vond het prachtig.

Een zuchtje wind deed de bladeren van de palmbomen naast de veranda ritselen. In het tegenlicht van de buitenlamp zagen hun schaduwen eruit als wuivende monsters. Amber pakte haar glas en haar telefoon en liep naar de palapa, die in de hoek van de tuin op een verhoging was geplaatst. De gedroogde palmbladeren die het typerende dak vormden, ruisten in de wind. Het knusse hoekje was afgezet met hekjes en planten. Amber liep de drie treden op. Onder de overkapping stonden twee loungebanken met felroze kussens en twee grote stoelen. De buitenlamp verspreidde een zachtgeel licht. Amber stak de twee grote witte kaarsen op tafel aan met de lucifers die ernaast lagen en ging daarna op een van de banken zitten. Ze vouwde haar benen onder zich en pakte haar telefoon. De hele dag had ze er nauwelijks op gekeken en het werd tijd dat ze haar mail bijwerkte. Het mocht dan wel vakantie zijn, als zelfstandige kon ze niet zo lang van de radar. Momenteel werkte ze voor twee broers die wat geld hadden geërfd en daarmee een onderneming waren gestart. Ze kwamen uit een familie van slagers en wilden de gehaktbal als hippe foodtrend in de markt gaan zetten, zoals dat andere ondernemingen al was gelukt met heel alledaagse vleessoorten als hamburgers en worst. Volgens de broers was de gehaktbal een onderschat product. Amber moest toegeven dat de duurzame en biologische gehaktballen van het tweetal fenomenaal waren. Ze geloofde dan ook heilig in het concept, het moest alleen nog even goed in de markt worden gezet. Daarvoor had ze een marketingplan geschreven, waarin ze zich vooral had gericht op social media.

Ze bekeek haar mails, maar zag niks dringends. Daarna ging ze naar Facebook en scrolde wat door haar tijdlijn. Naast onzinnige nieuwsberichten en Amerikaanse virals zag ze vooral veel regenachtige plaatjes van mensen die klaagden over het weer. Ze strekte zich uit, legde haar telefoon aan de kant en nam een slok van de koele wijn. Na twee dagen in de zon was ze al bijna vergeten hoe guur het in Nederland was.

'Bezwaar als ik erbij kom zitten?'

Sophie was het trapje op gelopen en hield naast haar eigen glas ook de fles rosé omhoog. Amber schudde haar hoofd. 'Natuurlijk niet.'

Haar schoonzus nam tegenover haar plaats en legde haar voeten op de rand van de tafel. Daarna blies ze haar adem hoorbaar uit.

'Slaapt hij?'

Sophie schudde haar hoofd. 'Nog niet, maar Gijs is bij hem. Levi vindt het gewoon lastig als hij niet in zijn eigen bedje slaapt. De vorige vakantie duurde het een week tot hij gewend was en toen gingen we al bijna naar huis.'

'Het gaat vanzelf beter als ze ouder worden', zei Amber. 'Dan kun je ze dingen uitleggen.'

'Robin heeft er geen enkele moeite mee, toch?'

'Mwah, ze was vanochtend en gisterochtend wel om halfvijf wakker. Maar dat zal wel door de jetlag komen.'

'Ja, daar heeft Levi ook last van. Maar eigenlijk zou hij dan nu heel moe moeten zijn, dus ik begrijp niet zo goed waarom hij nu niet gewoon gaat slapen.'

Amber glimlachte een beetje. 'Soms denk ik dat een groot deel van het moederschap bestaat uit antwoord vinden op vragen die al niet meer relevant zijn tegen de tijd dat je het antwoord hebt.'

'Dat heb je mooi omschreven', grinnikte Sophie. 'Die moet ik onthouden.'

Ze leunde voorover en vulde de glazen bij. Even zei geen van beiden iets.

'Toch vond ik het lastiger toen Levi een baby was', zei Sophie. 'Ik denk dat ik hem elke dag wel vroeg wat er nou toch met hem aan de hand was. Ik vond ook dat hij enorm veel huilde, terwijl het achteraf gezien volgens mij heel gemiddeld was.'

Amber knikte. Ze zei maar niet dat ze Sophie ronduit hysterisch had gevonden met de baby. Bij elke kik van Levi moest de hele trukendoos open om hem zo snel mogelijk weer stil te krijgen. Als dat niet meteen lukte, was Sophie in de stress, wat volgens Amber alleen maar tot meer gehuil van Levi leidde, maar dat had ze natuurlijk nooit gezegd.

'Babygehuil is niet voor niks niet te negeren', antwoordde ze neutraal. 'Dat heeft de natuur wel goed geregeld.'

'Ja.' Sophie staarde voor zich uit. 'Dat is zo. Op een gegeven moment wilde ik even opladen en stuurden we Levi een nachtje uit logeren, maar ik voelde me zo schuldig dat we hem dezelfde avond nog hebben opgehaald.'

Amber glimlachte flauw. Ze herinnerde zich dat nog wel. Herman en Ineke, die speciaal voor de gelegenheid een campingbedje hadden aangeschaft, waren er nogal geïrriteerd over geweest. Ergens begreep Amber dat, het voelde natuurlijk als een motie van wantrouwen.

'Heb jij dat nooit gehad?' vroeg Sophie.

Amber schudde haar hoofd. 'Ik vond het nooit echt moeilijk om Robin los te laten. Iedereen zei dat ik wel zou gaan huilen op haar eerste crèche-dag, maar ik vond het prima. Eerlijk gezegd vond ik het wel lekker om mijn handen weer even vrij te hebben.'

'O, echt? Ik zou Levi nooit op een kinderdagverblijf kunnen achterlaten.'

'Waarschijnlijk ben jij dan ook een oneindig veel betere moeder dan ik', zei Amber grinnikend.

Sophie lachte ook. 'Of ik bezorg mijn kind een levenslang trauma, omdat ik aan zijn been ga hangen tot hij dertig is. Ik voel me gewoon altijd schuldig als ik niet bij hem in de buurt ben. Alsof ik hem dan in de steek laat.'

'Maar dat is toch niet zo?'

'Nee.' Sophie dacht even na. 'Ik ben weleens jaloers op wat jullie allemaal nog doen sinds jullie een kind hebben.' Ze draaide haar glas rond. 'Daarbij vergeleken vind ik mijn eigen leven soms echt saai.'

Amber fronste. Deze bekentenis had ze niet verwacht. 'Hoe bedoel je?'

'Nou, gewoon...' Sophie strekte haar benen uit en legde haar voeten weer op tafel. Ze leek haar woorden zorgvuldig te wegen. Ik ben natuurlijk heel erg blij met Levi, maar sinds hij er is voel ik me soms zo...' Ze zocht naar het juiste woord, nam een slok wijn en trok toen een beetje met haar mond. 'Zo beperkt.'

'In welk opzicht?'

'Vroeger bedachten Gijs en ik weleens dat we zin hadden om in de stad te gaan eten en dan stapten we gewoon in de auto. We gingen ook graag naar het Concertgebouw, of een museum. Tegenwoordig komt dat er allemaal niet meer van. Terwijl jullie dat soort dingen gewoon nog doen. Maar jullie wonen natuurlijk ook in Amsterdam.'

Amber wist niet zo goed wat dat laatste ermee te maken had. Gijs en Sophie woonden in IJmuiden. Met de auto zaten ze zo in de stad. Maar dat zei ze niet. In plaats daarvan haalde ze haar schouders op. 'Maar je kunt toch oppas regelen? Desnoods breng je Levi bij ons, dat vinden we leuk.'

'Ja.' Sophie knikte. 'Dat kan. Maar we doen het nooit. Want tegen de tijd dat het concreet wordt denk ik vaak: laat ook eigenlijk maar. Levi valt zo moeilijk in slaap en zeker als er dan iemand anders bij hem is, ben ik bang dat het helemaal niet lukt.' Ze haalde even haar schouders op. 'Ik moet ook gewoon niet zeuren. Dit hoort er nou eenmaal bij als je een kind hebt.'

Amber keek naar haar schoonzus in het zachte schijnsel van de buitenlamp. Ze had ineens het gevoel dat ze iets positiefs moest zeggen, iets bemoedigends. 'Levi boft maar met jou als moeder.'

'Vind je dat?' Sophie glimlachte even.

'Ik meen het.'

'Lief van je.' Sophie vermande zich. 'Ik zou het ook niet anders willen, maar soms heb ik ineens het gevoel dat ik vanaf nu gewoon in één rechte lijn richting mijn dood ga. Of in elk geval richting de leeftijd waarop het echt zielig wordt als je nog doet alsof je jong bent.' Ze schokschouderde even en glimlachte tegelijk. 'De leeftijd van het verval, zeg maar.'

Amber grinnikte. 'Dat klinkt wel heel dramatisch.'

'Nou ja, zo bedoel ik het nou ook weer niet. Maar snap je?'

'Ik snap het.' Amber knikte. 'Je wordt soms zo meegezogen in de tijd. Dan is er ineens weer een jaar voorbij.'

'Heb jij dat dan ook?'

Sophie keek bijna hoopvol. Amber knikte harder dan ze het eigenlijk meende. 'Soms wel, maar dan zorg ik dat ik gewoon een avond ga stappen alsof ik achttien ben en kan ik er weer een tijdje tegen.' Ze grijnsde. 'Je kunt je afvragen of dat nou de manier is.'

'Misschien moet ik dat ook weer eens doen', zei Sophie met een half lachje.

'Soof?' Gijs kwam de tuindeur uit gelopen en stak over naar de palapa. 'Kun je even komen? Levi wil echt alleen maar jou.'

Sophie kwam overeind en keek bezorgd. Amber keek haar schoonzus na toen die naar het huis liep. Ze legde haar glas tegen haar lippen, maar nam geen slok. Sophie was echt wel een lief mens, maar Amber dacht niet dat ze haar ooit zou begrijpen.

'Ik ga je pakken!' Grommend als een monster zwom Amber met veel gespetter en getrappel achter haar dochter aan, die giechelend wegrende. 'Kijk maar uit!' riep ze. 'Ik ben een... waterosaurus!'

'O nee!' gilde Robin, waarna ze nog verder rende en meteen weer omkeerde om zich expres te laten pakken. Amber greep haar beet en deed alsof ze hapjes uit haar nam, wat haar een mond vol zout water en een schaterlachend kind opleverde.

'Zo, nu is de waterosaurus moe', kondigde ze aan. 'De waterosaurus moet even uitrusten. Ga je mee?'

'Nee.' Robin schudde haar hoofd. Haar natte krullen zwiepten eigenwijs heen en weer. 'Ik wil nog zwemmen.'

'Oké, schat.' Amber gebaarde naar Bart dat ze even naar de ligbedden ging en liep het strand op. Ze keek op haar horloge. Het was iets na halfvier. Vanochtend waren ze met z'n allen in het centrum van Willemstad geweest om de beroemde Pontjesbrug en de gekleurde gevels op de kade te bekijken. Daarna hadden ze geluncht bij restaurant Gouverneur en tegen de tijd dat het te warm werd om nog iets te ondernemen, waren ze naar Mambo Beach vertrokken, waar ze strandbedjes hadden gehuurd. Sophie had eerst gesputterd dat ze terug wilde naar het huis omdat Levi moest slapen. Gijs wilde echter mee naar het strand, wat tot nog meer gemopper had geleid, maar uiteindelijk was Sophie dan ook meegegaan. Levi had anderhalf uur geslapen op een strandbedje, wat vooral goed was geweest voor het humeur van zijn moeder.

Amber wilde op haar bedje gaan liggen, maar er lag een flyer op haar handdoek. Ze pakte hem op en wilde hem al bijna weggooien, maar toch bleef haar blik eraan hangen.

Beachparty, stond er in grote neonroze letters. Achter de draaitafels zou een dj staan met de naam Tommy Wild.

Ze glimlachte verrast. Die naam kende ze. Zeven jaar geleden had ze een tijdje de marketing gedaan voor een groepje jonge, ambitieuze dj's die een agentschap hadden opgericht. Tommy Wild – die eigenlijk Tom Wilders heette – was een van hen geweest. Hij was veruit de knapste van het stel. Ze had zelfs weleens het bed met hem gedeeld, maar in die tijd was het eerder opvallend als je dat als jonge, vrijgezelle vrouw in Amsterdam niet had gedaan.

Het viertal verhuurde binnen het agentschap voornamelijk zichzelf, maar ze waren ook van plan geweest met het geld dat ze verdienden nieuw talent aan zich te binden en te helpen in de ontwikkeling. Het was geweldig geweest om te werken met de drie mannen en één vrouw die de sky als de limit beschouwden en de ene torenhoge ambitie na de andere de wereld in slingerden. Amber had hen geholpen aan een strak marketingplan waarmee ze zichzelf in de kijker konden spelen, en daarna had haar taak erop gezeten. Dat vond ze aan de ene kant jammer, want het viertal had met elkaar voor een bijzondere energie gezorgd waarin ze graag was blijven werken. Maar aan de andere kant had ze hun bravoure en voortdurende strijd onderling ook vermoeiend gevonden. Het was moeilijk om tot beslissingen te komen als vier mensen met elk een duidelijke eigen mening op één lijn moesten komen. Amber had haar twijfels gehad of het viertal het zou redden. Aan hun drive had het niet gelegen, maar ze waren zo verschillend geweest, dat Amber had verwacht dat ze binnen een jaar met knallende ruzie uit elkaar zouden gaan.

Een paar maanden geleden had ze toevallig nog eens op de website gekeken, om vast te stellen dat ze het fout had gehad. Het bedrijf bestond nog steeds, met de vier oorspronkelijke oprichters als eigenaar. De vier draaiden zelf ook nog veel, maar te oordelen naar de informatie op internet waren er inmiddels bijna twintig jonge dj's aangesloten bij het agentschap. In de agenda op de site was te zien dat een groot deel van hen meerdere keren per week optrad in binnen- of buitenland. Amber was ergens trots geweest toen ze dat las, al was haar eigen bijdrage natuurlijk minimaal geweest.

Ze bekeek de flyer verder. Tommy Wild was de hoofdact en begon om tien uur. Daarvoor waren er nog wat andere dj's, maar hun namen zeiden haar niks. Ze had eigenlijk wel zin om vanavond uit te gaan. Na drie avonden in het vakantiehuis kon ze een onderbreking goed gebruiken. Ze hoopte dat ze Bart kon overhalen. Ineke zou het vast niet erg vinden om op Robin te passen.

Amber kroop op haar strandbedje en keek naar het water, waar Bart nu met Robin aan het zwemmen was. Hun dochter zat nog helemaal niet op zwemles, maar met bandjes om lukte het haar toch al aardig om vooruit te komen in het water. Dat ze niet bang was, hielp natuurlijk ook.

Amber verplaatste haar blik naar de waterlijn, waar Sophie met Levi zat. Gijs was er ook bij en hield zich bezig met het ophalen van de bal, die Levi de hele tijd weggooide. Zelfs vanaf haar plek hoorde Amber het jongetje schateren van plezier. Het klonk aanstekelijk en ze glimlachte. Ze dacht weer aan het gesprek van gisteravond. Ze had haar schoonzus niet meer teruggezien nadat Gijs haar was komen halen. Amber was het met Sophie eens dat haar leven beperkt was sinds ze moeder was geworden, maar dat had ze zelf in de hand. Dat je een baby van een paar maanden niet achterliet bij een oppas, dat kon ze wel begrijpen. Maar Levi was twee jaar en als je goed zocht, vond je altijd wel een lief oppasmeisje dat het leuk vond om naast haar studie wat bij te verdienen. Amber had een groepje van vijf meiden die ze kon proberen als Bart en zij een avondje weg wilden. Het was nog nooit gebeurd dat ze alle vijf niet konden.

Ze keek weer naar de flyer. Misschien moest ze niet met Bart gaan, maar met Sophie. Van een avond dansen op het strand was nog nooit iemand minder geworden en het zag ernaar uit dat Sophie het nodig had om eens lekker uit haar dak te gaan. Misschien konden ze Annemieke ook meevragen. Een ouderwetse *girls night out.* Het waren niet de meiden met wie Amber normaal gesproken zou gaan stappen, maar ach, het was ook niet het feest waar ze normaal gesproken naartoe zou gaan. En ze waren hier toch met z'n allen, dus waarom niet.

Ze stootte Annemieke aan, die naast haar lag te zonnen, en hield de flyer omhoog. 'Zin om mee te gaan?'

'Wat is dat?'

Amber wees naar het voeteneind van Annemiekes strandbedje, waar ook een blaadje lag. Haar schoonzus bestudeerde het. 'Klinkt leuk', zei ze, al klonk haar stem niet erg enthousiast.

'Ik dacht dat we misschien met z'n drieën zouden kunnen gaan, Sophie, jij en ik.'

'O ja.' Annemieke verplaatste haar zonnebril van haar haar naar haar neus. 'Dat is wel een goed idee. Wanneer is het?'

'Vanavond, hiernaast in Wet & Wild.'

'Jeetje.' Annemieke trok met iets van verbazing haar wenkbrauwen op. 'Toen ik hier een keer met vriendinnen was, heb ik zo'n beetje elke avond bij Wet & Wild gedanst. Ik weet niet eens meer precies hoelang dat geleden is, maar die tent bestaat echt al lang.'

'Ik wist helemaal niet dat je hier eerder was geweest', zei Amber. Ze was vooral verbaasd dat Annemieke schijnbaar met vriendinnen verder weg was gegaan dan een feestvakantie in Salou.

'Volgens mij is het acht jaar geleden. Of negen. We gingen in de zomer en ik vond het nogal ver vliegen aangezien er ook in Spanje zon was, maar een van mijn vriendinnen had een vriendje dat hier stage liep.' Ze fronste even bij de herinnering. 'Hij leek zich trouwens meer bezig te houden met drugshandel. Ik weet niet waar die stage was, maar ik heb hem niet één keer voor twaalf uur uit bed zien komen en vanaf tien uur 's avonds stond zijn telefoon roodgloeiend.'

Amber grinnikte. 'Dat is ook een manier om je stage door te komen.'

Annemieke pakte de flyer en las hem nogmaals. 'Ik heb wel zin om weer eens te gaan stappen en cocktails te gaan drinken. Mijn vader wil ons vast wel ophalen.'

'We kunnen ook een taxi nemen.'

'Wat is dit?' Sophie was uit het water gekomen en vond ook een flyer op haar ligbed.

'Dat is het feestje waar we vanavond heen gaan', zei Amber.

'Echt waar?' Sophie had de flyer al bijna aan de kant gelegd, maar pakte hem er toch weer bij.

'Het is in de strandtent hiernaast.' Amber maakte een armgebaar. 'Ik ken de dj van vroeger. Als hij nog net zo goed is als toen, wordt het een leuk feestje.'

'Gaan we met z'n allen?'

'Ik dacht meer aan wij drieën. Laat de mannen maar lekker voor de kinderen zorgen.'

Even zag ze twijfel op Sophies gezicht. 'Het begint toch niet zo vroeg? Dan kan ik Levi nog naar bed brengen en als hij tussendoor niet wakker wordt, weet hij niet eens dat ik weg ben geweest.' Ze knikte bij haar eigen woorden en glimlachte. 'Laten we het doen. Het is te lang geleden dat ik een avond heb gedanst.'

# Hoofdstuk 4

ZE WAREN NOG MAAR MET Z'N TWEEËN. ANNEMIEKE was een uur op het feest geweest, maar de hoofdpijn die vanmiddag al begonnen was, had uiteindelijk doorgezet naar een migraineaanval. Amber had Herman gebeld om te vragen of hij zijn dochter kon komen halen, want ze was lijkbleek geweest en kon amper op haar benen staan. Annemieke had eigenlijk niet weg gewild, maar op deze manier viel er voor haar weinig te feesten.

Nu was het iets na elven en zelf was Amber van plan om nog lang niet naar huis te gaan. Het begon eigenlijk pas net leuk te worden. Sophie, Annemieke en zij waren al om tien uur aangekomen, maar dat bleek veel te vroeg. Tommy Wild was nog niet begonnen, er stond een of andere lokale dj achter de tafel die blijkbaar had gedacht dat een bonte mix van reggae, jazz en popmuziek een werkbaar idee was. In de praktijk had het geleid tot een dansvloer die eerder leger dan voller stroomde naarmate de avond vorderde. Rond halfelf was de jongen uit zijn lijden verlost en had iemand een Spotify-lijst opgezet die op meer waardering kon rekenen. Inmiddels begon men echter ongeduldig te worden. Dat tijd in de Cariben iets anders betekende dan in Nederland, oké, maar een dj die rustig een uur te laat begon, was dan wel weer het andere uiterste.

Amber draaide haar hoofd en keek naar de lege draaitafel. Ze liep naar de bar om nog twee drankjes te halen. Terwijl ze wachtte om haar bestelling te plaatsen, zag ze ineens een bekend hoofd. Hij was amper veranderd.

Ze begon te glimlachen en verliet haar plek aan de bar. Toen ze vlak achter hem stond, tikte ze hem op zijn schouder. Hij draaide zich om, fronste en kneep toen zijn ogen samen. 'Ik ken jou.'

'Amber.'

'Jemig ja, natuurlijk!' Hij omhelsde haar, gaf een kus op haar wang en omhelsde haar opnieuw. 'Wat gaaf je te zien. En wat zie je er goed uit.'

'Anders jij wel.' Amber legde haar hand op zijn bovenarm. 'Echt leuk dat je hier bent.'

'En wat doe je hier?'

'Vakantie.'

'Alleen?'

'Met mijn schoonfamilie.'

Hij keek gespeeld teleurgesteld. 'Dus je bent aan de man.'

Amber hield haar hoofd even schuin. 'Verbaast je dat?'

'Het doet me verdriet.'

'Ik heb zelfs een dochtertje.'

'Ai.' Hij beet op zijn lip. 'Dan zijn mijn kansen helemaal verkeken.'

Amber grinnikte. 'As if...' Ze wist dat als Tom één ding niet wilde, het een vaste relatie was. Hij was niet gemaakt om te settelen. Toen ze nog samenwerkten had hij Amber een keer verteld dat hij al bindingsangst kreeg als hij ontbijt moest maken voor iemand.

Tom hield zijn hoofd schuin en keek haar aan. Hij mocht dan zeven jaar ouder zijn geworden, knap was hij nog steeds. 'Hoe gaat het met je?'

'Goed.'

'Ben je gelukkig in je relatie?'

Amber was vergeten dat Tom dit altijd deed. Directe vragen stellen. Toen ze nog met hem had gewerkt, had ze hem weleens over haar niet-alledaagse jeugd verteld. Het gesprek dat volgde, was nog scherper geweest dan ze ooit in therapie had meegemaakt.

'Ja', zei ze gemeend. 'Heel gelukkig.'

'Dat is mooi.' Hij raakte even haar wang aan. 'Ik moet aan de slag, want ik ben al laat. Go and enjoy yourself.' Bij dat laatste klonk hij als een foute quizmaster en Amber schoot in de lach. 'Succes vanavond.'

Tom stak zijn duim op en liep naar de draaitafel. Een man in een korte broek en een shirt met palmbomen greep de microfoon om hem aan te kondigen. Het strand stond inmiddels vol en de menigte juichte toen Tom achter de draaitafel plaatsnam. Hij stak zijn hand op en grijnsde breed. Amber voelde zich op een vreemde manier trots.

Ze grabbelde in haar tas en haalde een pakje sigaretten tevoorschijn dat ze eerder vandaag had gekocht. Toen ze zwanger bleek te zijn was ze gestopt met roken, maar op feestjes kon ze de verleiding toch niet weerstaan. Ze nam een ferme trek en zoog de rook genietend naar binnen. De eerste trek was altijd de beste.

Met de sigaret in haar hand liep ze naar de bar om alsnog drankjes te bestellen. Het was er druk. Ze wurmde zich naar voren en stak haar hand op, een jongen van een jaar of achttien knikte als teken dat hij haar had gezien. Hij was nog even bezig met een andere bestelling en Amber wachtte.

Leunend tegen de bar keek ze om zich heen. Nu Tom begonnen was, stond ineens bijna iedereen te dansen op het strand. Het feest was geweldig georganiseerd. Het strand was afgezet met lichtsnoeren en hier en daar stonden felle discolampen. Bij de ingang naar de strandtent zelf brandden fakkels. De muziek stond keihard, zoals het hoorde.

Tussen de dansende menigte zocht Amber naar Sophie. Haar schoonzus was eindelijk de dansvloer op gegaan. Dat had wel enige tijd gekost. Het eerste halfuur had Sophie het voornamelijk gehad over Levi's zindelijkheidstraining, zijn permanente weigering om groente te eten en de vraag of te veel zon niet slecht was voor zijn huidje. Daarna had ze drie berichtjes naar Gijs gestuurd met de vraag of Levi nog wel sliep, met tussenpozen van een paar minuten. De eerste twee had hij niet beantwoord en toen hij ook bij de derde niet online kwam, had Sophie hem eigenlijk willen bellen. Net op dat moment had hij teruggestuurd dat hun zoontje gewoon lag te slapen en dat ze zich niet zo'n zorgen moest maken. Sophie had een paar keer tegen Amber gezegd dat ze zich toch schuldig voelde, omdat Levi wakker kon worden en haar dan zou missen. Amber was nog maar een keertje extra naar de bar gelopen en inmiddels begon de alcohol zijn werk te doen. Het schuldgevoel was naar de achtergrond verdwenen en Sophie was gaan dansen. Amber had eigenlijk nooit geweten dat haar schoonzus dat zo goed kon. Ze zag er mooi uit in haar zwarte halterjurkje en met haar haar los. Amber had zich erover verbaasd wat een klein beetje make-up voor Sophie deed. Het was jammer dat ze sinds de komst van Levi die moeite niet meer zo vaak nam.

Haar fraaie verschijning betaalde zich ook meteen uit. Amber vond het vermakelijk om te zien hoe zeker vier mannen de hele tijd probeerden om in de buurt van Sophie te dansen. Of mannen... Het leken eerder jongens. Ze waren zeker vijf jaar jonger. Sophie leek het zelf niet zo door te hebben, of ze deed alsof. Amber vermoedde het laatste. In elk geval was haar houding voor de mannen genoeg reden om zich nog verder op te dringen.

'Zeg het maar.' De barman stond nu vlakbij en leunde naar haar toe.

'Twee strawberry-daiquiri', bestelde Amber. 'Maak ze maar lekker sterk.'

Bij aankomst waren ze begonnen met Amstel Bright en hoewel het bier er wel in ging, vond Amber het nu tijd voor iets sterkers. Omdat wijn nooit lekker smaakte op een feestje, ging ze maar over op cocktails. Kon ze meteen testen of in de Cariben nog steeds de allerbeste cocktails werden gemaakt. In haar tijd als stewardess was dat in elk geval wel zo geweest.

De barman knikte en ging aan de slag. Amber zag hem aardbeien en ijs uit een bak in de shaker scheppen en aanvullen met siroop en drank. Hij wierp een blik op haar, grijnsde en hield toen de drankfles nog een keer op de kop.

Amber stak haar duim op. Ondanks de biertjes voelde ze zich nog helemaal fris. Het was tijd dat daar verandering in kwam. Niet dat ze zich niet kon vermaken zonder alcohol. Je kon haar op elk moment van de dag op een goed feestje neerzetten en ze had het naar haar zin, maar bij een avond als deze hoorde drank. Was het niet voor haarzelf, dan in elk geval voor Sophie. Bij haar begon de alcohol z'n werk al te doen, merkte Amber. Ze vond het leuk om te zien wat er gebeurde als haar schoonzus nog wat remmingen zou verliezen. Eerder vanavond had ze grinnikend aan Gijs beloofd dat ze goed op zijn vrouw zou passen. En dat deed ze ook. Wat Sophie nodig had, was een avond waarvan je je de volgende ochtend de helft niet meer kon herinneren.

'Alsjeblieft.' De barman schoof twee glazen over de bar naar haar toe. Amber betaalde en nam de drankjes mee. Ze vond Sophie midden op de dansvloer. Tom had net een trancenummer opgezet en Sophie schudde met haar heupen en hoofd. Amber stootte haar aan en gaf haar haar drankje. Daarna proostten ze en sloegen de cocktails bijna over de rand van het glas toen ze samen verder dansten.

Het was laat, maar Amber wist niet hoe laat precies. Ze zou op haar telefoon kunnen kijken, maar ze deed het niet. Het was ook niet belangrijk.

'Nog eentje?' Ze hield haar lege glas op en schreeuwde boven de dreunende muziek uit naar Sophie. Haar stem begon al hees te worden, ook al had ze vanavond amper gepraat. Het enige wat ze had gedaan was dansen en cocktails drinken.

Haar schoonzus knikte, sloot even haar ogen en knikte opnieuw. Amber grinnikte. Zelf voelde ze de alcohol behoorlijk, maar ze was niet zo ver heen als Sophie.

Ze liep opnieuw naar de bar, waar het nog steeds zo druk was. Haar blik viel op een klok. Kwart voor twee. Het feest was in volle gang. Amber wist eigenlijk niet of er een eindtijd was. Ze hoopte van niet.

Ze plaatste haar bestelling en ging even op een barkruk zitten om haar voeten rust te gunnen. Ook al droeg ze sandaaltjes en geen hakken, haar voeten deden behoorlijk zeer van het dansen. Tom liet de muziek langzaam oplopen en zweepte de dansende menigte nog verder op. In het licht van de knipperende discolamp zag ze Sophie: armen in de lucht, hoofd van links naar rechts, draaiend met haar heupen. De vier bewonderaars van eerder die avond waren afgehaakt, maar ze had er een paar anderen voor in de plaats gekregen. Sophie deed niet langer alsof ze dat niet doorhad. Amber had haar schoonzus nog nooit zo gezien, en ze vond het vermakelijk. Als ze had geweten dat Sophie zo'n feestbeest kon zijn, was ze al veel eerder een keer met haar gaan stappen.

'Is deze stoel vrij?'

Amber voelde twee armen om haar middel en iemand die zich tegen haar aandrukte op de barkruk. Ze draaide zich om en keek in het gezicht van een man die duidelijk ook al wat op had.

'Nee.'

Hij grijnsde naar haar. 'We passen er vast wel samen op, schat.'

'Ik ben je schat niet.' Amber trok haar wenkbrauwen op. 'En ik zat hier al.'

'Nou nou, niet zo onaardig. Ik zag je net dansen.' Hij plantte zijn lippen in haar nek en fluisterde in haar oor: 'Ik weet dat je ook naar mij keek.'

Amber duwde hem met zachte hand weg. 'Daar herinner ik me niks van. Ik ben al voorzien, dank je.'

Het kostte nog even wat moeite, maar toen droop de man af. Amber keek hem grinnikend na. Ergens was het jammer. Hij was breed en kaal en eigenlijk wel haar type.

Ze nam haar bestelling in ontvangst en liep terug naar de dansvloer. Tom had een iets rustiger nummer opgezet en Sophie had van de gelegenheid gebruikgemaakt om aan de rand van de dansvloer even uit te rusten. Amber gaf haar haar drankje.

'Dit is goed.'

'Wat is goed?'

'Dit.' Sophie wees onbestemd om zich heen. 'Alles.' Er lag een eigenaardige blik in haar ogen.

'Je hebt het naar je zin?' vroeg Amber lachend.

'Ja.' Sophie knikte, licht hijgend. 'Hiernaartoe gaan was het beste idee van de laatste tijd. Dank je wel daarvoor.'

Amber grinnikte. 'Graag gedaan, hoor. Ik geloof dat je vaker uit moet gaan.'

'Dat moet ik ook.' Sophie had moeite om haar blik op Amber te focussen. 'Dat moet ik ook', herhaalde ze.

'Je hebt nogal wat sjans ook.' Amber doelde op een grote, Antilliaanse man met wie Sophie de hele tijd danste.

Sophie wendde haar blik af en liet haar ogen over de dansvloer dwalen. 'Hm-hm.'

'Leuk toch?' Amber stootte haar aan. 'Geniet er nou maar lekker van. Een beetje flirten mag best.'

'Kom je weer dansen?' De Antilliaan dook weer op en legde zijn hand op Sophies bovenarm. Hij keurde Amber geen blik waardig. In zijn kielzog liepen twee jongere mannen mee. Sophie liet zich gewillig meevoeren. Amber ging ook de dansvloer weer op. Ze keek naar haar schoonzus, die met haar ogen dicht bewoog op de muziek. Het was nu geen dansen, het was meer een soort schommelen. Tom had een zachte beat opgezet die hij telkens een stukje opvoerde. Sophie bewoog mee, armen gespreid als een vliegtuig, deinend met haar hoofd. Amber realiseerde zich dat ze haar schoonzus in zeven jaar tijd nog nooit dronken had gezien. Ergens voelde ze een vage verantwoordelijkheid voor Sophie. Ze moest haar misschien een beetje in de gaten houden, haar een glas water geven en zorgen dat ze het even wat rustiger aan deed met de drank. Hoewel, aan de andere kant, Sophie was volwassen. En ze had zelf gezegd dat ze juist een topavond had.

Plotseling kwam de muziek met een knal terug, de beat zwol aan en de massa op de dansvloer bonkte mee. Amber gooide haar armen in de lucht. Sophie had haar ogen weer geopend en deed hetzelfde. De Antilliaan danste om haar heen. Amber keek ernaar met enige bewondering. Vergeleken met de locals waren Nederlandse mannen echt stijve harken. Ook Bart, die op zich best goed kon dansen.

Amber nam een beetje afstand. De Antilliaan nam de ruimte in. Zijn handen lagen nu op Sophies rug, de hare op zijn schouders. Ze dansten een soort salsa, waarvan ze allebei de passen precies leken te kennen. Hij bewoog zijn heupen, Sophie volgde zijn ritme. Amber grinnikte in zichzelf en nam nog een slok. Ze wist niet wat Gijs zou zeggen als hij dit zou zien, maar het deed er ook eigenlijk niet toe. Hij zou het niet zien, en zij zou het hem niet vertellen.

Het was bijna een komisch gezicht. Sophie leek misplaatst in het plaatje, en tegelijkertijd paste ze er precies in. De Antilliaan was enorm, bijna massief. Zijn donkerbruine huid glansde in het licht van de discolampen. Zijn gemillimeterde haar lag als een gestrooide laag op zijn hoofd. Hij droeg een spijkerbroek en een donkerblauw shirt met een draak erop. Om zijn nek hing een gouden schakelketting, die onder zijn shirt verdween. Als het licht erop viel, zag ze vanonder zijn mouwen tatoeages op zijn armen tevoorschijn komen, die nog verrassend goed te zien waren op zijn donkere huid. De blik in zijn ogen had iets wilds.

De twee mannen, met wie de Antilliaan eerder was, stonden op een afstandje toe te kijken. Amber bekeek hen eens wat beter. Ze waren veel jonger dan hij, hooguit twintig, terwijl hij zeker richting de veertig ging. Ze maakten een vreemde indruk. Ze keken schichtig, maar tegelijkertijd vol zelfvertrouwen. Er lag iets bozigs in hun houding. Te ver doorgevoerde stoerheid. Een van de twee hield de hele tijd zijn armen over elkaar. Ze richtten hun blik afwisselend op hun baas – althans, Amber ging ervan uit dat hij hun baas was – en op de menigte op de dansvloer. Zelf verroerden ze zich amper, ze waren er duidelijk niet op uit om een feestje te bouwen.

Als je erover nadacht, was het echt grappig. Sophie die klaagde dat ze haar leven saai vond, liet zich op het eerste het beste feestje versieren door iemand die blijkbaar een tweekoppige escorte had. Dat hij nogal fout was, zag je van een kilometer afstand. Amber haalde even haar schouders op. Als je het doet, moet je het goed doen, vond ze. En Sophie vond dat blijkbaar ook.

'Hé.' Ineens stond Sophie naast haar. Ze tikte haar glas zo hard tegen dat van Amber dat er een barst in ontstond. Sophie merkte het niet eens. 'Proost!' riep ze vrolijk, terwijl ze een slok nam.

Amber zette haar drankje aan de kant. 'Leuke man', zei ze met een knikje in de richting van de Antilliaan. Ze grinnikte erbij.

Sophies ogen hadden een vreemde glans. 'Hij heet Franklin.'

'Leuke naam.'

'O Amber, ik...' Ze grimaste en probeerde daarna Amber recht aan te kijken, maar dat lukte niet. 'Wat een geweldig feest.'

'Zeg dat wel.'

'Ik heb echt veel te lang niet meer gedanst. Niet zo, althans.'

*'Franklin has got the moves.'*

'Dat kun je wel stellen, ja.' Sophie glimlachte en staarde voor zich uit. Daarna leek ze ergens van te schrikken. 'Alleen dansen, hoor', zei ze. 'Ik ga alleen met hem dansen.'

'Oké', antwoordde Amber, schouderophalend.

Het was mooi geweest. Het liep tegen drieën en Amber wilde naar bed.

'Soof.' Ze tikte haar schoonzus aan, die alweer een halfuur onafgebroken stond te dansen.

'Wat?' Sophie keek om.

'Ik heb het wel gezien hier.'

'Nu al?'

Amber glimlachte. 'Het is al bijna drie uur.'

'Ik heb het idee dat we er net zijn.'

'Maar dat is niet zo. Ik ga een taxi bellen.'

'Ah nee.' Sophie keek teleurgesteld. 'Laten we nog even blijven.'

'De dj stopt er zo ook mee. En de meeste mensen gaan weg.' Dat was niet helemaal waar, zag Amber toen ze om zich heen keek. Maar het zou vast niet meer lang duren.

'Ik wil nog dansen.' Sophie bewoog haar heupen van links naar rechts. Ze gebaarde richting de bar. 'En Franklin is net nieuwe cocktails gaan halen.'

Amber sprak overredend. 'Laten we gewoon gaan. Het is mooi geweest.'

'Ga jij maar. Ik kom straks wel.'

'Sophie...' Amber aarzelde. Ze wist niet of het nou wel zo'n goed idee was om Sophie hier achter te laten. Aan de andere kant, ze was geen babysitter. Ze had veel gedronken en had moeite om op haar benen te staan. Ze wilde gewoon naar huis.

'Ik ga een taxi bellen en dan gaan we samen naar huis', zei ze.

'Amber, please...' Sophie keek geërgerd. Ineens leek ze veel nuchterder. 'Ik ben geen twaalf. Ga gewoon naar huis als je wilt, dan kom ik straks wel.'

Amber keek naar Franklin, die aan kwam lopen met een flesje Corona en een cocktail. Hij bewoog even met zijn hoofd toen hij Amber zag. 'Sorry, ik had voor jou ook moeten halen.' Zijn stem klonk zwaar en diep. Het geluid paste bij zijn robuuste uiterlijk. 'Waar heb je zin in?'

Zijn blik ving die van haar. Zijn ogen waren nog donkerder dan ze eerder had gezien. Hij keek helder, en vriendelijk. Amber blikte even om zich heen, maar de jongens die de hele avond al bij hem in de buurt bleven, waren nergens te bekennen.

'Ik hoef niks, dank je.' Ze keek even naar Sophie en nam toen haar beslissing. 'Ik laat de deur voor je open. Hier heb je het adres.' Ze gaf haar schoonzus een kaartje van het villaresort.

Sophie knikte en wuifde even. 'Tot straks.'

Op haar weg naar de uitgang liep Amber langs de draaitafel. Ze zwaaide even naar Tom, hij blies een kus door de lucht. Daarna liep ze naar buiten.

Ze hoefde niet te bellen voor een taxi. Een paar slimme chauffeurs hadden hun wagens voor de deur geparkeerd. Amber stapte in de voorste van de rij. Ze zocht in haar portemonnee en vond nog een kaartje met daarop het adres van het villaresort. De chauffeur knikte.

Terwijl de motor ronkend tot leven kwam, leunde Amber tegen het versleten leer van de achterbank. De auto rook naar sigarettenrook, benzine en een vleug vanille afkomstig uit de luchtverfrisser die aan de achteruitkijkspiegel bungelde.

De chauffeur gaf een dot gas en de auto sprong naar voren. Ondanks het tijdstip reed hij met zijn raam open en de radio keihard aan. Opzwepende reggae galmde door de wagen. Ambers oogleden waren zwaar. Ze sloot ze, maar toen begon alles te draaien en snel deed ze ze weer open. Ze was een beetje misselijk. Als afleiding richtte ze haar gedachten op Sophie. Ze moest morgen maar niet aan Gijs – of aan de anderen – vertellen dat Sophie alleen op het feestje was achtergebleven. Dat zou alleen maar voor gedoe zorgen. Op een of andere manier had Amber het idee dat Gijs het haar dan kwalijk zou nemen. En anders zouden haar schoonouders dat wel doen. Iedereen zag Sophie als het meisje dat beschermd moest worden.

De taxichauffeur stopte voor het hek van het resort. Amber betaalde en liep naar binnen via de smalle loopdeur. Ze knikte naar de bewaker die op een plastic tuinstoel bij de ingang zat. Hij bromde iets terug. Hun villa lag achteraan in het park en Amber voelde het in haar benen toen ze een stukje omhoog moest lopen. Ze stond niet meer zo vast op haar hakken. Het leek altijd wel alsof alcohol uit sterke drank pas later op gang kwam.

Ze bereikte het huis en na twee mislukte pogingen lukte het om de sleutel in het gat te steken. Het waaide en de deur vloog bijna uit haar hand, maar ze kon hem nog op tijd vastgrijpen. Ze wilde niemand wakker maken, zeker Levi niet.

Het was doodstil in huis. In de woonkamer was geen airconditioning en drukkende warmte kwam haar tegemoet. Ze deed haar sandaaltjes uit en liep de trap op naar de slaapkamer. Daar trok ze haar jurkje over haar hoofd. Het duurde even tot haar ogen gewend waren aan het donker, maar toen zag ze Robin op haar plek naast Bart liggen, diep in slaap, haar armen onschuldig omhoog langs haar hoofd. Amber glimlachte even.

Ze pakte een hoofdkussen en verdween naar de woonkamer. Na de frisse airco-lucht uit de slaapkamer leek het nog warmer te zijn. Even overwoog ze om buiten te gaan slapen, toen legde ze haar kussen toch maar op de bank. Ze gaapte en ging liggen.

De wereld begon te draaien. Amber deed haar ogen open om het duizelige gevoel een halt toe te roepen, maar het werd er niet veel beter op. In de keuken dronk ze een glas water en toen nog een. Het was cliché om te zeggen, maar ze kon tegenwoordig echt minder goed tegen alcohol dan vroeger. Blijkbaar was ook zij niet resistent voor het effect van leeftijd, hoewel dat op je zesendertigste misschien een voorbarige conclusie was.

Ze ging weer liggen en sloot opnieuw haar ogen. Meteen was ze weer duizelig, maar ze hield haar ogen dicht en hoopte dat het draaien uiteindelijk zou stoppen. Diep vanbinnen trok de slaap aan haar, tegelijkertijd voelde ze misselijkheid opkomen. Haar laatste gedachte was dat ze hoopte dat de eerste het van de tweede zou winnen.

# *Hoofdstuk 5*

MET EEN SCHOK WERD ZE WAKKER. HAAR MOND VOELDE als schuurpapier en een drukkende pijn achter haar ogen belette haar om haar ogen open te doen. Het was warm, zo warm. Aan alle kanten brak het zweet haar uit.

Ze probeerde opnieuw om haar ogen te openen. Meteen kneep ze ze weer dicht. Haar ogen brandden. Het licht was ook zo fel. De drukkende pijn veranderde in gebonk waarvan ze nu al wist dat het de rest van de dag niet meer zou verdwijnen. Haar maag draaide rond en ze moest hard slikken om een golf van misselijkheid terug te dringen.

Met halfopen ogen bleef ze liggen. Langzaam begon ze zich te realiseren waar ze was. De huiskamer, de bank, ze draaide haar hoofd een stukje en zag een figuur staan.

'Am?'

Het was Bart. Hij keek een beetje bevreemd naar haar. 'Waarom lig je op de bank?'

Dat vroeg Amber zich ook af. Ze deed haar best zich wat te herinneren, maar dat lukte nog niet echt.

'Hoe laat is het?' vroeg ze in plaats daarvan. Hoewel de kater zich al in volle hevigheid had gemanifesteerd, had ze het gevoel dat ze nog halfdronken was. Niet per definitie een prettige situatie.

'Halfzeven', antwoordde Bart. 'Hoe laat waren jullie thuis?'

Amber moest nadenken. 'Halfvier', zei ze toen enigszins aarzelend. 'Althans, ik.'

'Is Sophie eerder weggegaan dan?'

Ambers gedachten gingen traag. Ze wist dat er iets was, maar de bonkende hoofdpijn die aanzwol als een orkest overstemde alles. 'Hoe bedoel je?' vroeg ze moeizaam.

'Je zei dat jij om halfvier thuis was. En Sophie dan?'

Ze moest water. Wankelend stond ze op van de bank, rillend ondanks de hitte.

'Wat ga je doen?'

'Water drinken.'

'Wacht maar.' Bart liep naar de keuken en vulde een glas. Amber ging op de bank zitten, haar blote voeten op de koele plavuizen. Ze nam een slok en dwong zichzelf om na te denken.

'Sophie was niet mee', zei ze toen. 'Ze wilde blijven, ik wilde naar huis.'

Daar keek Bart van op. 'Bedoel je dat zij gebleven is?' vroeg hij voor de zekerheid.

Amber knikte. Haar herinneringen waren een beetje vaag, maar dit wist ze vrij zeker. Er kwamen beelden terug van de taxi, waarin ze in haar eentje had gezeten. Ook zag ze Sophie weer voor zich, op de dansvloer, met haar grote Antilliaanse danspartner. Ze grimaste even en grinnikte.

'Wat?' vroeg Bart, die de blik op haar gezicht had gezien.

'Niks.' Amber nam nog een slok. Heel langzaam verdween het schuurpapiergevoel, al bleef haar keel aanvoelen als bij een verkoudheid, maar dat kwam natuurlijk door de sigaretten. Die veroorzaakten waarschijnlijk ook de verschrikkelijke smaak in haar mond.

'Ik ga mijn tanden poetsen', kondigde ze aan, waarna ze een nieuwe poging deed om op te staan. De wereld tolde en ze moest Bart even vasthouden, maar uiteindelijk lukte het.

'Katertje?' vroeg hij. Er lag iets geamuseerds in zijn stem. 'Dat is al een tijd geleden. Ik dacht dat jij zo goed tegen drank kon.'

'Ik moet ook geen cocktails drinken.'

'Verraderlijk', knikte hij. 'Gaat het?'

'Jawel.' Moeizaam liep ze de trap op. Ze schuifelde naar de badkamer en pakte haar tandenborstel. Even later had ze in elk geval niet meer het gevoel dat ze uit een asbak had gegeten, al was ze verder nog niet erg opgeknapt. Ze liep naar de slaapkamer, waar Bart naast Robin was gekropen.

'Ik moet echt nog even slapen. In de airco.'

Bart glimlachte. 'Oké, oké. Ik ga al.'

Hij stapte weer uit bed en pakte zijn telefoon. Daarna liep hij naar de deur. 'Je weet wel zeker dat Sophie ook thuis is, toch?'

Amber ging liggen en stelde vast dat die irritante duizeligheid nog steeds niet was verdwenen. 'Hoe bedoel je?' vroeg ze moeizaam.

'Sophie. Ik heb haar niet thuis horen komen. Jij?'

'Ik sliep.'

'Je lag zo'n beetje naast de voordeur. Dan zou je haar toch wel hebben gehoord?'

Amber had het gevoel dat ze in coma had gelegen. Al zou het huis om haar heen zijn ontploft, dan nog zou ze het niet hebben gemerkt.

'Ze ligt vast gewoon in haar slaapkamer', zei ze. Ze was moe en het laatste waar ze zin in had, was zich druk maken over Sophie. 'Ik denk niet dat ze voor de middag wakker wordt, want ze heeft ook heel veel cocktails gedronken.'

Ze wilde haar ogen sluiten, maar Barts blik maakte dat ze toch bleef kijken. 'Wat?' vroeg ze. 'Wat is er?'

'Ik ga het toch even checken.'

Amber knikte vaag en deed toen toch haar ogen dicht. Natuurlijk zou Sophie gewoon naast Gijs in bed liggen. Ze mocht dan een leuke avond hebben gehad, dat betekende nog niet dat ze haar verstand was verloren.

De duizelingen werden gelukkig snel minder en langzaam werd ze meegetrokken in de diepte van de slaap. Haar hoofd bonkte nog, maar de naderende slaap leek te verdoven. Ze had een paar aspirines moeten nemen, bedacht ze, maar ze voelde er weinig voor om op te staan. Misschien zou ze wel zonder hoofdpijn wakker worden, dat zou helemaal mooi zijn.

'Amber?'

Een scheut irritatie ging door haar heen. Ze trok de deken op. 'Ik wil slapen.'

'Amber.' Barts stem werd dwingender. 'Wakker worden.'

Met grote tegenzin opende ze haar ogen een stukje. Door het kiertje zag ze hem staan in de deuropening. Het licht deed pijn aan haar ogen.

'Sophie is er niet.' Bart had de deur gesloten en stond nu aan het voeteneind. Hij praatte op fluistertoon. Amber hoorde hem wel, maar de woorden drongen niet door.

'Amber.' Bart boog een beetje voorover. 'Sophie ligt niet in bed.'

Ze probeerde haar blik op hem te richten, maar dat lukte niet. Ze wreef in haar ogen, die daardoor meteen gingen tranen. De pijn nam wel een beetje af. 'Hoe bedoel je?'

'Precies zoals ik het zeg: Sophie ligt niet in bed.'

'Dan moet ze ergens anders liggen. Ze had echt veel gedronken, misschien is ze voor de deur in slaap gevallen.'

Bart keek haar ongelovig aan. Daarna verliet hij de kamer, om binnen twee minuten al terug te komen. 'Niet voor de deur, niet in de tuin. Ik heb niet in de andere slaapkamers gekeken, maar ik neem aan dat ze niet bij Annemieke of mijn ouders ligt.'

Amber grinnikte. Het beeld kwam haar ineens heel grappig voor.

'Amber...' Bart ging voor haar staan. 'Ik begrijp dat je geen oppas bent, maar ik geloof niet dat het heel goed is voor de sfeer als jij straks wel aan de ontbijttafel zit en Sophie niet. Samen uit, samen thuis, en zo.'

Amber keek hem vermoeid aan. Daarna reikte ze naast zich op het nachtkastje, maar ze vond alleen een lader.

Even moest ze nadenken. Toen kwam ze overeind en liep naar beneden, naar de woonkamer, waar ze haar telefoon in haar handtas vond. Ze had geen gemiste oproepen, alleen een nieuwsalert dat het KNMI een weerwaarschuwing had afgegeven voor de noordelijke provincies.

Ze zocht het nummer van Sophie op. De pieptoon veranderde in de hogere, meer langgerekte toon die hoorde bij het buitenland. Hij ging een paar keer over, toen klonk er een lage toon en werd de voicemail ingeschakeld. Amber hing op en opende WhatsApp. Sophie was gisteravond om halfacht voor het laatst online geweest. Daar had ze ook al niks aan.

'En nu?' vroeg Bart.

Amber had zin om te zeggen dat Sophie maar voor zichzelf moest zorgen, maar er was een onrust in haar ontstaan die ze niet kon negeren. Bart had natuurlijk wel gelijk. Ze moest iets doen.

'Ik ga haar wel zoeken', zei ze, terwijl ze terugliep naar de slaapkamer. Zachtjes deed ze de kast open en haalde er een schoon jurkje uit. In de badkamer vond ze een haarelastiekje en een onaangebroken doosje paracetamol. Ze nam er twee, aarzelde even en drukte toen nog een tablet uit de strip. Vervolgens plensde ze koud water in haar gezicht. Ook al had ze vannacht veel gedronken, ze voelde zich nu weer helemaal nuchter. Dat kwam vast ook door de schrik.

'Zal ik met je meegaan?' vroeg Bart.

Amber schudde haar hoofd. 'Ik kan wel alleen.'

In het rommelbakje op de eettafel vond ze de autosleutels. Voor ze wegging, probeerde ze Sophies nummer nog een keer. Deze keer kreeg ze meteen de voicemail. Ze gaf Bart een zoen, negeerde zijn bezorgde blik en liep naar buiten.

De ochtendzon brandde alweer op haar huid. Snel deed Amber haar zonnebril op, maar het licht leek recht haar hersenen in te gaan. De hoofdpijn kwam nog heviger op. Ongeduldig wachtte ze tot de paracetamol zijn werk zou doen, maar ze vreesde dat de pijnstillers niet opgewassen waren tegen de kater.

Toch voelde haar hoofd steeds helderder, ondanks de hoofdpijn. Misschien kwam het doordat haar bezorgdheid steeds groter werd. Adrenaline maakte haar scherper.

Ze stapte achter het stuur van de huurauto en gaf gas. De auto sprong naar voren. Het hek gleed voor haar open toen ze aan kwam rijden. De bewaker was verdwenen.

Ondanks het vroege uur was er al heel wat verkeer op de weg. Pick-ups met werklui achterin. De meesten zonder shirt. Amber gooide de Toyota ervoor, omdat dat de enige manier was om de weg op te komen. Een andere automobilist moest remmen en toeterde nijdig. Amber vond dat overdreven, maar stak haar hand op als teken van verontschuldiging.

Ze had water mee moeten nemen. Haar mond was gortdroog, haar tong leek aan haar gehemelte te plakken. Ze kwam langs een paar winkels, een ervan was een bakker. Ze kocht een flesje water, dronk het bijna helemaal leeg en reed weer verder. Op de parkeerplaats van de strandtent stonden maar een paar auto's. Twee mannen waren bezig om wat spullen in een kleine vrachtwagen te laden. Amber zag de draaitafel van Tom voorbijkomen.

Ze knikte het tweetal toe. Een van hen keek haar wat bevreemd aan. Het was vast ongebruikelijk dat er voor zevenen al gasten in de strandtent waren.

Amber liep naar binnen. De zaak was officieel gesloten, maar omdat er na gisteravond werd opgeruimd stonden de deuren open. Twee vrouwen waren aan het schoonmaken.

'Kan ik je helpen?' vroeg een van hen met die typische Antilliaanse tongval. Amber bleef staan en keek om zich heen.

'Ben je iets kwijt?'

'Ja.' Amber knikte. 'Mijn schoonzusje.'

De vrouw fronste.

'We waren gisteravond op het feest', verduidelijkte Amber. 'Ik ging eerder weg dan zij, maar toen ik vanochtend wakker werd, was ze nog niet thuis.'

'Weet je zeker dat ze hier nog is?'

Amber schudde haar hoofd.

'Misschien is ze met iemand meegegaan. Ik bedoel...' De vrouw haalde haar schouders op en keek Amber aan met iets moederlijks in haar blik. 'Die jonge meiden halen de gekste dingen uit.'

'Nou ja, zo jong is ze nou ook weer niet. En ze is getrouwd.'

De vrouw keek haar aan met een vragende blik. Amber wendde haar eigen blik af. Ze hoorde zelf ook wel hoe die laatste zin klonk, maar ze kon zich gewoon echt niet voorstellen dat Sophie daadwerkelijk met die man mee naar huis was gegaan.

Amber liep naar buiten, het strand op. Her en der lagen lege bierflesjes en ander afval. Ze keek om zich heen, maar behalve een jonge vent die bezig was het vuil op te ruimen, zag ze niemand.

Ze haalde haar telefoon uit haar tas en probeerde opnieuw om Sophie te bellen, maar ook deze keer kreeg ze direct de voicemail. Het toestel was uitgeschakeld, of misschien was de batterij leeg. Amber liet haar blik over het lege strand gaan. De bedjes voor gasten die nu nog lagen te slapen, stonden in rechte rijen opgesteld. Over een paar uur zou het hier een drukte van belang zijn.

Ze stond in dubio. Haar bezorgdheid werd steeds groter. Vannacht had ze er geen been in gezien om in haar eentje terug te gaan, terwijl Sophie zich nog op het feestje vermaakte. Maar nu ze min of meer nuchter was, begon ze in te zien dat dat misschien niet het beste idee was geweest. Sophie zou niet met hem meegaan, verder dan dat had ze vannacht niet gedacht. Dat de man wellicht weleens andere plannen zou kunnen hebben, was niet eens in haar opgekomen.

Hoe heette hij nou? Het was iets Engels. Patrick? Onbewust schudde ze haar hoofd bij haar eigen gedachte. Iets anders. Minder doorsnee.

Ineens schoot het haar te binnen. Franklin. Ze keek opnieuw om zich heen, alsof ze met deze nieuwe informatie iets anders zou zien. Dat sloeg natuurlijk nergens op. Misschien moest ze het aan de twee vrouwen binnen vragen. Ze had Franklin met het personeel zien praten alsof hij ze allemaal goed kende. Wellicht had ze geluk.

Ze liep weer naar binnen.

'Heb je haar gevonden?' vroeg een van de vrouwen, dezelfde als net.

Amber schudde haar hoofd. 'Nee, maar ik herinner me weer dat ze stond te dansen met een man. Volgens mij komt hij hier vaker. Franklin?'

De vrouw reageerde niet echt. Ze haalde kort haar schouders op. 'Zo heten er wel meer.'

'Hij was groot.' Amber hield haar hand een stuk boven haar eigen hoofd om zijn lengte aan te geven. 'Kort haar. Zo'n stoer type. Best wel knap, ook.'

'Dushi, zo ziet de helft van alle mannen hier eruit. Als je denkt dat je vriendin met hem mee is gegaan, kun je misschien gewoon beter wachten tot ze terugkomt. Ik denk niet dat ze hier dan nog ergens zijn.'

Schoonzus, verbeterde Amber in gedachten. Ze knikte langzaam. 'Ja', zei ze nadenkend. 'Waarschijnlijk heb je gelijk.'

Ze liep weer naar buiten, het strand op. Opnieuw haalde ze haar telefoon tevoorschijn, maar ze bleef er besluiteloos mee in haar hand staan. Uiteindelijk besloot ze om Bart te bellen.

Het duurde lang voordat de telefoon verbinding maakte. De lijn ruiste. Even klonk er een korte toon, maar toen was de lijn dood. Amber keek naar haar telefoon, die met een foutmelding aangaf dat de verbinding was mislukt. Ze probeerde het opnieuw, maar kreeg dezelfde melding.

Ze liep een stukje over het strand, in de hoop dat de verbinding verderop beter zou zijn. Toen ze net had geprobeerd Sophie te bellen, had ze nog netwerk gehad. Hij moest het zo meteen gewoon weer doen. Ze schakelde de vliegtuigmodus in en weer uit, zodat haar telefoon opnieuw netwerk ging zoeken, maar dat hielp niet.

Rond haar slippers kabbelden de rustige golfjes van de branding. Een stukje verderop op het strand ruisten de bladeren van een palmboom. Amber liep naar de eerste rij strandbedjes en ging op het puntje van een van de bedden zitten. Ze keek uit over zee. Het zou een idyllisch plaatje zijn als ze niet hoe langer hoe meer door bezorgdheid in beslag werd genomen. Sophie was niet het type om in zeven sloten tegelijk te lopen en dat ze er niet was en ook niks van zich had laten horen, voelde helemaal niet goed. Nu de alcohol uitgewerkt was, realiseerde Amber zich pas dat het echt niet slim was geweest om Sophie in haar eentje achter te laten in het gezelschap van een man die vast heel knap was, maar ook totaal onbekend en heel sterk en die zich de hele tijd liet vergezellen door twee jonge gastjes die nou niet bepaald gezellig hadden gekeken. Straks was het wel foute boel. Amber werd misselijk bij het idee. En zelfs als Sophie vrijwillig met die man was meegegaan – voor zover je daarvan kon spreken bij iemand die zo dronken was – dan nog was de ramp natuurlijk niet te overzien. Ze moest er niet aan denken hoe Gijs zou reageren. Het zou voor heel grote relatieproblemen zorgen en dat gunde Amber Sophie niet. Op een vreemde manier voelde ze zich verantwoordelijk. Ze had Sophie tegen zichzelf in bescherming moeten nemen en dat had ze niet gedaan.

Toch had ze ergens moeite om zich voor te stellen dat Sophie met Franklin mee was gegaan. Zou het niet logischer zijn dat haar schoonzus had geprobeerd naar huis te gaan en daar door de grote hoeveelheid drank op een of andere manier niet in was geslaagd? Zou ze de weg zijn kwijtgeraakt? Dat leek Amber stug, want hoe dronken ze ook was, Sophie zou vast niet het plan hebben opgevat om lopend naar huis te gaan. Amber had haar nog een kaartje gegeven met het adres van het villapark erop en ze had ook geld, dus er was geen enkele reden te verzinnen waarom ze niet gewoon met de taxi naar huis was gegaan. Dan zou ze al een taxichauffeur getroffen moeten hebben die niet van zins was geweest om haar naar het juiste adres te brengen. Amber voelde hoe haar hart nog harder begon te bonken. Als dat echt gebeurd was, waren de problemen nog veel groter dan ze al dacht.

Koffie. Ze moest koffie hebben. De hoofdpijn was weliswaar bijna verdwenen, maar achter haar ogen was een waas overgebleven die haar belette om helder na te denken. Ze kwam overeind en draaide zich om. Zonder vastomlijnd plan liep ze langs Wet & Wild terug in de richting van de parkeerplaats. Misschien kon ze naar de bakker rijden waar ze net water had gekocht. Ze zouden er vast koffie hebben. En dan ook meteen Bart bellen. Op een of andere manier vond ze dat ze niet terug naar huis kon rijden. Zolang zij er zelf niet was, zou Bart nog tegen de rest kunnen zeggen dat ze allebei nog niet thuis waren. Als Amber alleen terugkwam, zou iedereen weten dat er iets met Sophie aan de hand was. Ze kende haar schoonfamilie langer dan vandaag. De paniek zou meteen compleet zijn. Zelfs als er niets aan de hand bleek, zou Sophie iets uit te leggen hebben. Amber vreesde dat dat voor haar ook gold, zij was immers degene geweest die alleen naar huis was gegaan.

Ze bereikte het pad naar de parkeerplaats en bleef nog een keer staan om haar telefoon te testen. Ze had nu één streepje bereik. Terwijl ze opnieuw probeerde om Bart te bellen, draaide ze zich om en liet haar blik voor de laatste keer over de rij strandbedjes gaan. Haar telefoon weigerde opnieuw. Ze liep door richting de parkeerplaats.

Plotseling bleef ze staan. Haar ogen hadden iets geregistreerd dat haar hartslag omhoogstuwde. Ze keek opnieuw, maar zag het niet. Toch liep ze niet door. Ze wist zeker dat er iets was.

De wind stak op en de palmen ruisten harder. Zand werd zacht over haar voeten gejaagd. Het kriebelde. Ze zette haar zonnebril af om beter te kunnen kijken, maar schoof hem meteen weer terug op haar neus. Het licht was veel te fel. Een haarlok was losgeraakt en wapperde voor haar ogen. Ze streek hem weg, en toen ineens zag ze het.

'Sophie!' Ambers ademhaling ging zwaar toen ze door het zand rende. Ze stootte haar been aan de rand van een ligbed, maar ze merkte het amper. 'Soof!'

Sophie reageerde niet. Ze lag op haar rechterzij, op het laatste bedje van de achterste rij. Haar gezicht was richting Amber gedraaid, haar ogen waren gesloten. Toen ze dichterbij kwam, zag Amber dat haar mond een stukje openstond. Sophies haar lag als een waaier om haar hoofd. Aan haar voet bungelde haar sandaal, de andere schoen lag in het zand.

'Sophie.' Amber was nu dicht genoeg genaderd om vlekken op Sophies jurk te zien, het was niet duidelijk waardoor die waren veroorzaakt. De nagel van haar wijsvinger was gebroken.

Amber stak haar hand uit om haar schoonzus wakker te schudden, maar die bleef in de lucht hangen. Ineens bekroop haar een gevoel van angst. Zoals Sophie erbij lag, zo roerloos, zo... Amber slikte, maar gal bleef in haar keel steken. Ze deed haar mond open om te gillen.

Net op dat moment bewoog er een arm. 'O god...' zei Amber nerveus. Ze schrok bijna meer van de beweging dan ze zojuist van het ontbreken ervan had gedaan. 'Sophie!' Het kwam eruit als een schreeuw.

Haar schoonzus opende één oog en sloot dat meteen weer. Haar gezicht vertrok in een gepijnigde grimas. Ze verplaatste haar arm naar haar ogen. 'Jemig', mompelde ze nauwelijks verstaanbaar.

Amber ging op het bedje ernaast zitten. Opluchting stroomde door haar heen. Ze zag derrie in het zand. Met haar voet schoof ze er een lading zand overheen tot er niks meer te zien was. Onder de gebruinde laag zag Sophies huid grauw, grijs zelfs.

Haar schoonzus opende opnieuw haar ogen, waarbij ze haar arm weer als schild tegen het zonlicht gebruikte. 'Waar ben ik?'

'Op het strand.'

'Hm.' Het duurde even voordat Sophie die informatie tot zich had laten doordringen. Knipperend keek ze naar Amber. 'Ik voel me zo ziek.'

'Je hebt een kater. We waren gisteren samen op een feest, weet je nog?'

Sophie keek blanco.

'Een strandfeest', verduidelijkte Amber. 'Er was een dj, we gingen dansen, er waren cocktails. Veel cocktails.'

'O ja.' Blijkbaar kwamen er stukjes van Sophies geheugen terug. 'Die cocktails, die herinner ik me wel.' Ze sprak moeizaam, slepend. 'Ik heb hoofdpijn.'

'Dat kan ik me voorstellen. Kom, we gaan naar huis.'

Het duurde vijf minuten voordat Sophie in staat was om overeind te komen. Ze kreunde en bleef rillend op de rand van het bedje zitten.

'Ik ben misselijk', fluisterde ze. Amber kon nog net aan de kant springen, anders was de golf braaksel op haar voeten beland.

Ze keek de andere kant op en probeerde niet door haar neus te ademen. Daarna groef ze met haar handen een gat en met Sophies sandaal duwde ze het braaksel erin. Ze dekte het af met een laag zand. Ondanks haar blijdschap dat ze Sophie had gevonden, voelde ze ook irritatie opkomen. Als Sophie gewoon voor zichzelf had gezorgd, hadden ze nu allebei in bed kunnen liggen. Dat beeld was vele malen aantrekkelijker dan de werkelijkheid, waarin Amber een hondsberoerde Sophie naar de auto en daarna naar huis moest zien te krijgen.

Toch had ze ook met haar te doen. En nu de eerste opluchting begon af te nemen, namen haar zorgen weer toe. Want hoe was Sophie op dat strandbedje terechtgekomen? Had Franklin haar daar achtergelaten? Of was ze gewoon verkeerd gelopen op weg naar de parkeerplaats, en toen in slaap gevallen op een bedje?

Amber deed haar mond open om het aan Sophie te vragen, maar sloot hem uiteindelijk weer. Misschien was het beter om daar nu niet over te beginnen. Ze vroeg zich af of Sophie het überhaupt nog wist.

'Kom mee', zei ze, terwijl ze haar schoonzus aan haar arm overeind hielp. 'Even volhouden, dan mag je daarna de rest van de dag in bed liggen. Of bij het zwembad.'

Sophie kwam overeind en wurmde met moeite haar voet in haar ene schoen. Ze pakte de andere sandaal aan van Amber, maar toen ze hem wilde aantrekken, bleek dat het bandje was gebroken.

'Laat maar', zei Amber. Ze wilde hier weg. 'Die schoen is kapot.'

Sophie trok haar ene schoen weer uit en stond toen op. Ze tolde even, maar bleef staan.

'Mijn tas', zei ze schor.

Amber keek zoekend om zich heen. 'Waar ligt die?'

'Dat weet ik niet.'

Amber liep een rondje om het ligbed, maar schudde haar hoofd. 'Niet hier. Of wacht, wat is dit?' Ze raapte iets op dat half onder het zand was verdwenen. 'Hier is alleen je portemonnee.'

'Maar die zat in mijn tas.'

Amber haalde diep adem. Ze wilde hier weg. 'Weet je wat, als jij nou even je handen en je gezicht gaat wassen bij het water, dan loop ik naar binnen om je tas te zoeken.'

Sophie knikte en liep wat wankelend naar de waterlijn. Amber ging intussen de strandtent weer binnen, maar niemand had een tas gevonden. Uiteindelijk haalde ze haar schouders op en ging weer naar buiten.

'Niks', zei ze hoofdschuddend toen ze terugkwam bij Sophie. 'Maar gelukkig heb je wel je portemonnee.'

Sophie had die intussen opengemaakt. 'En alles zit er nog in.'

'Laten we gaan.'

Terwijl ze naar de auto liepen, gebruikte Sophie haar rechterhand onophoudelijk als geïmproviseerde zonneklep. Ze liep schuifelend en een beetje krom. Amber deed het portier voor haar open. Langzaam liet haar schoonzus zich erin zakken. Ze legde haar hoofd tegen de steun en haalde diep adem. 'Ik heb nog nooit zo'n kater gehad.'

'Water?' Amber hield haar het flesje voor waar nog een bodempje in zat. Sophie dronk het laatste restje gulzig naar binnen. Amber stuurde snel een berichtje naar Bart dat ze Sophie had gevonden en startte daarna de motor. De airconditioning voelde als een verademing.

'Ho, rustig.' Sophie greep de steun op het portier stevig vast toen Amber zachtjes wegreed. 'Alles draait om me heen.'

Ondanks de hele situatie moest Amber grinniken. 'Je had hem aardig zitten gisteren.'

Sophie staarde uit het raam. 'Ik herinner me bijna niks. Alsof er een gat in mijn geheugen zit, echt waar.'

'Zonde, want het was echt een leuk feest. Je had enorme lol op de dansvloer.'

Sophie kneep haar ogen samen. 'Dat weet ik nog wel. En jij kende de dj.'

'Tom, ja.' Amber wachtte even en overwoog of dit het goede moment was. 'Je hebt enorm gedanst met een Antilliaan. Franklin heette hij, volgens mij.'

Sophie draaide haar hoofd opzij. Amber zag nu pas dat op haar gezicht zwarte vegen mascara zaten. Het oogwit was rood. 'Franklin?'

'Ja, ik geloof het wel. Hij was groot en knap en had duidelijk interesse in je.'

In Sophies ogen ontstond een zweem van bezorgdheid. 'Ik heb toch niet eh...'

'Welnee', stelde Amber haar gerust, hoewel ze het zelf natuurlijk ook niet zeker wist. 'Je hebt alleen maar met hem gedanst. Er waren ook de hele tijd twee andere mannen bij. Vrienden van hem, denk ik.'

Sophie gaf geen antwoord. Even twijfelde Amber of haar woorden wel waren aangekomen, toen draaide haar schoonzus haar hoofd. 'Was ik heel erg dronken?'

'Ja', zei Amber, maar ze voegde er meteen nog een geruststelling aan toe. 'Maar je wist echt nog wel wat je deed', zei ze, hoewel dat niet helemaal waar was.

'Ik kan me er echt niks van herinneren.' Ze keek bezorgd. 'Ik ben toch echt niet vreemdgegaan?'

Amber schudde haar hoofd. 'Ik weet zeker dat je onderbewustzijn je geen dingen laat doen die je normaal gesproken ook niet zou doen. Althans, geen grote dingen. Daar zou je je dan zo slecht bij voelen dat je het niet zou doen, ook al ben je dronken.'

'Denk je?'

'Ik weet het zeker', zei Amber.

Sophie was een beetje rechterop gaan zitten, maar liet haar hoofd nu weer tegen de steun rusten. 'Ik ga nooit meer drinken. Heb jij nergens last van?'

'Jawel, enorm. Maar ik heb al een paar aspirines gehad.'

'Mag ik ook?' Sophie keek zoekend om zich heen.

'Ik heb ze niet bij me, ze liggen in het huis.'

'O.' Het was een paar minuten stil. Toen fronste Sophie. 'Ben je al thuis geweest dan?'

'Ja. Ik ben vannacht eerder weggegaan dan jij. Ik was moe, jij wilde nog niet mee.'

'O.'

'Anders kon ik ook niet met de auto zijn.'

'O ja.' Die logica leek te veel voor Sophies hersenen. Ze knikte wel, maar Amber zag dat de informatie nauwelijks tot haar doordrong.

'Misschien is het beter om niet te zeggen dat ik al eerder thuis was', zei ze toen. 'Bart weet het wel, maar die zegt niks. Het staat misschien een beetje vreemd als ik jou dan nu heb opgehaald. Je weet wel...' Ze haalde kort haar schouders op. 'Je weet hoe Herman en Ineke zijn.'

Ze wist zelf ook eigenlijk niet wat ze daarmee bedoelde. Eigenlijk ging het haar ook niet om haar schoonouders maar om Gijs.

Sophie knikte langzaam. 'Ja.' Ze slikte even. Op haar voorhoofd parelden zweetdruppeltjes, die ze wegveegde.

'We zeggen gewoon dat we samen zijn blijven hangen en nu pas thuiskomen. En dat we de hele nacht hebben gedanst en te veel hebben gedronken, want daar is niks aan gelogen.'

'En de auto dan?'

Daar had Amber nog niet over nagedacht. 'Ik hoop maar dat ze niet hebben gezien dat die weg is.' Ze keek op het klokje in het dashboard. Het moest nog halfacht worden. 'Er is vast nog niemand buiten geweest. Met een beetje geluk kunnen we gewoon doen alsof we door de taxi zijn thuisgebracht.'

'Maar de meesten zijn al wel wakker. Levi in elk geval, dus Gijs ook. En Herman en Ineke slapen nooit uit. Wat zullen ze wel niet van me denken?'

'Het komt vast wel goed. Ik heb Bart al geappt dat we eraan komen en hij stuurde terug dat Gijs wel ongerust was, maar dat hij hem meteen gerust heeft gesteld door te zeggen dat we eraan komen.'

Sophie knikte nog een keer en deed er daarna het zwijgen toe. Tien minuten later zette Amber de auto stil voor de poort van het villapark.

'We zijn er', kondigde ze een beetje ten overvloede aan. Ze hield het pasje voor de sensor en met een klikje zette de poort zich in beweging. Stapvoets reed Amber verder.

Het was bijna acht uur toen ze de auto naast het huis parkeerde. Vanuit de woonkamer was de parkeerplek niet te zien en ze hoopte dat niemand vanochtend naar buiten was gelopen.

Het duurde even voordat Sophie genoeg energie had verzameld om uit de auto te komen. Licht kreunend werkte ze zich omhoog. Ze moest zich even vasthouden aan het portier om haar evenwicht te hervinden. Toen sloeg ze de deur dicht en kromp ineen bij het geluid van die actie.

Het grind knerpte onder hun voeten toen ze richting de voordeur liepen. Het pad liep een beetje omhoog. Voor Amber voelde het als een bergbeklimming. Hijgend kwam ze boven aan. Ze moest even haar ogen sluiten om de duizelingen tegen te gaan. Naast haar verging het Sophie hetzelfde.

'Klaar voor?' vroeg Amber half fluisterend. Ze kreeg het niet voor elkaar haar stem geluid te laten produceren.

Sophie knikte. Amber legde haar hand op de deurklink en deed die zo zacht mogelijk naar beneden. De voordeur bood direct toegang tot de woonkamer, maar daar was gelukkig niemand. Amber bleef even staan. Ze hoopte dat de rest nog diep in slaap was, zodat ze ongezien hun bed in konden duiken, maar ze vreesde dat de geur van verse koffie die haar neus binnendrong het tegendeel aantoonde. De deuren naar het terras stonden ook open. Het volgende moment hoorde ze Robins vrolijke stemgeluid naar binnen drijven.

'Hé, daar zijn jullie.' Via de terrasdeuren kwam Ineke binnen. Ze bleef even staan en er gleed een blik over haar gezicht die Amber niet helemaal kon duiden. Ze besloot het maar gewoon te negeren.

'Ja', antwoordde ze neutraal. 'Het is een beetje laat geworden. Of vroeg, hoe je het maar wilt bekijken.'

Ineke knikte even. Ze keek naar de sandalen in Sophies hand en vermande zich daarna. 'Koffie?' vroeg ze, met de pot in haar hand.

Amber knikte. 'Lekker.'

Sophie schudde licht haar hoofd, maar Ineke zag het niet omdat ze zich omdraaide om twee bekers te pakken. Sophie had blijkbaar niet de moed om haar afwijzing hardop uit te spreken.

'Kom buiten zitten', zei Ineke uitnodigend. 'We zijn net aan het ontbijten.'

Amber pakte de beker aan die haar schoonmoeder haar overhandigde en liep het terras op. Ondanks haar beroerde staat had ze inmiddels wel een beetje trek gekregen.

'Mama!' riep Robin enthousiast uit toen ze haar zag. Het meisje kwam op haar af en sloeg haar armen rond haar moeders benen. Amber bukte, wat een nieuwe hoofdpijnsteek opleverde, en gaf haar dochter een kus.

De anderen keken haar aan. Ze grijnsde een beetje schaapachtig toen ze ging zitten, maar meed Barts blik. 'Het is een beetje laat geworden.'

'Soof?' Het ongeloof in Gijs' ogen was ronduit komisch om te zien. 'Gaat het een beetje?'

Sophie ging op een tuinstoel zitten. Ze bewoog houterig, en omzichtig. Alsof alles haar pijn deed, zoals bij een zware griep. Ze opende haar mond om iets te zeggen, maar nam toen eerst maar een slokje koffie. Zelfs van een afstandje was haar huivering te zien, toch nam ze een tweede slok.

'Mam.' Levi zwaaide heen en weer met een half bolletje met chocopasta. 'Mama!'

'Hai schat.' Sophie stak haar hand naar hem uit, maar het was niet helemaal duidelijk wat het doel daarvan was. Levi beschouwde het als een uitnodiging om het bolletje haar kant op te keilen. Sophie had geen energie er iets van te zeggen, Gijs zag het niet en uiteindelijk raapte Ineke het op.

De stilte was ongemakkelijk. Sophie was degene die hem verbrak. 'Amber weet wel wat een feestje is', zei ze schor. Ze probeerde erbij te glimlachen, maar die poging eindigde met een wat wonderlijke grimas. Ze streek een lok pluizig haar uit haar gezicht en keek daarna naar haar gebroken vingernagel alsof ze de oneffenheid nu pas opmerkte.

Amber lachte. 'Nou, volgens mij kwam het vooral door de goede dj. Wat kan die man een feest bouwen, niet normaal.'

'Ik heb al heel lang niet meer zo heerlijk gedanst.'

Met een paar ferme slokken dronk Amber haar koffie op. Daarna pakte ze een pistoletje, dat nog warm was van de oven. Ze sneed het in tweeën en smeerde boter op beide helften.

'Maar het was dus een leuk feestje?' vroeg Annemieke.

Amber knikte. 'Ja. Jammer dat je zo vroeg weg moest.'

'Ik voelde me echt beroerd.'

'Er waren genoeg cocktails die dat probleem hadden kunnen oplossen.' Amber grinnikte. 'Hoewel, die hadden uiteindelijk ook tot hoofdpijn geleid. Kijk maar naar ons.'

‘Ik ga slapen.’ Sophie stond op en zette haar halflege koffiebeker op de tuintafel. ‘Zo’n nacht doorhalen is toch een beetje zwaarder als je boven de dertig bent.’

Amber nam nog een hap van haar broodje, maar liet de rest staan. ‘Ik ga hetzelfde doen. Tot straks.’

Met z’n tweeën liepen ze naar binnen, de trap op. Ze wisselden een blik van verstandhouding, maar zeiden geen van beiden iets. Amber voelde zich ongewoon vrolijk toen ze hun slaapkamer binnenging. Saai was de vakantie in elk geval niet geworden.

# *Hoofdstuk 6*

'MAMA! MAMA, KIJK!' MET EEN GROTE PLONS BELANDDE Robin in het water. Dankzij haar bandjes kwam ze meteen weer boven, maar haar krullen zaten drijfnat tegen haar hoofd geplakt. Amber moest lachen. Bang voor water was Robin in elk geval niet.

'Amber, kijk!' Vanaf de tweede tree van de trap deed Levi zijn nichtje na. Hij was wat voorzichtiger en zorgde er nauwkeurig voor dat hij niet kopje-onder ging.

Amber nam een slok spa rood en stak haar duim op naar haar neefje.

'Kom je ook zwemmen, mama?' Robin stond druipend op de kant en keek haar smekend aan. Amber schudde haar hoofd. 'Mama zit hier wel prima.'

Ze was op het terras onder de veranda gaan zitten met de intentie een boek te lezen, maar de thriller die ze speciaal voor deze vakantie had aangeschaft, lag nog altijd dichtgeslagen op haar schoot. Op het donkere omslag was alleen een sensueel opgemaakt vrouwenoog te zien, de rest van het gezicht was in zwart gehuld. De titel en de schrijfster stonden er in zeegroene letters bij, dezelfde tint als de overdadige oogschaduw.

'Oom Hendrik-Jan?' Robin had haar hoop op een ander familielid gevestigd. Amber zag hem aarzelen en toen toegeeflijk overeind komen van zijn ligbed. 'Nou, vooruit dan maar. Kijk uit, want ik ben een heel grote walvis!' Met een enorme plons sprong hij in het zwembad. Robin gilde het uit van pret.

Amber duwde haar zonnebril recht op haar neus en strekte zich uit op de loungebank. Het was iets na halfvijf en in de schaduw was het prima uit te houden. Ze had tot twee uur geslapen, daarna had ze zich een stuk beter gevoeld. De kater was nog niet verdwenen, maar in elk geval had ze niet langer het gevoel door een vrachtwagen overreden te zijn. Toen ze weer beneden was gekomen, was de rest van de familie niet thuis geweest. Die waren pas net teruggekeerd van een bezoek aan het strand. Amber had van de rust gebruikgemaakt om een paar baantjes te trekken, voor zover de lengte van het zwembad dat toeliet. Daarna had ze op een ligbedje wat door een tijdschrift gebladerd, maar het had haar niet kunnen boeien. Sophie had zich nog niet laten zien.

Toen de rest was teruggekomen, was ze samen met Bart de keuken in gedoken om wat hapjes te maken voor bij de borrel. Dat was de eerste gelegenheid geweest waarop ze hem over Sophie had kunnen vertellen. Hij had enorme lol gehad om haar verhaal over hun schoonzus, die laveloos op een strandbedje in slaap was gevallen.

'Ik bekijk haar nu wel met heel andere ogen', had hij gegrinnikt. En ook had hij gevraagd: 'Denk je dat ze iets met die Franklin heeft uitgevreten?'

Dat dacht Amber niet, maar ze was er natuurlijk ook niet helemaal zeker van. Van Sophie zelf zou die informatie in elk geval niet komen. Die had geen idee.

'Hé, moet je horen.' Herman zat op de stoel naast haar met zijn neus zo'n beetje tegen het schermpje van zijn telefoon. Zijn zonnebril stond op zijn vrijwel kale hoofd. 'Jan Thiel, dat is toch hier in de buurt?'

Annemieke, die aan de andere kant naast haar vader zat, knikte loom. 'Dat is waar we daarstraks op het strand waren, pap.'

'Daar hebben ze dus vanochtend een lijk gevonden.'

'Ieuw.' Annemieke schoot overeind. 'Toch niet op het strand, hè?'

'Nee, volgens mij niet.' Herman tikte met zijn vinger op zijn scherm, vloekte binnensmonds en probeerde het toen nog een keer. Blijkbaar met meer succes, want hij zei: 'Ah, hier staat het. Ze hebben een man dood aangetroffen in zijn eigen zwembad. Schijnbaar een of andere drugscrimineel.' Hij las weer even verder. 'Krijg nou wat, dat lijkt dat mooie huis wel waar je moeder en ik van de week langs reden toen we boodschappen hadden gedaan.' Hij keek de rest aan. 'Het was helemaal aan de rand van de wijk, net erbuiten eigenlijk. Je weet niet wat je ziet.'

'Dat heeft-ie dan goed gedaan, met z'n drugshandel.' Bart stak een toastje met zalm in zijn mond en pakte zijn eigen telefoon. 'Hoewel, eigenlijk niet, aangezien hij nu dood is.'

'Getver, ik vind het een vreselijk idee.' Annemieke huiverde. 'Dat is hier helemaal niet zo ver vandaan. Stel dat we echt in de buurt waren geweest...'

'Welnee.' Dat was Gijs, die op de rand van het zwembad zat met zijn benen in het water. Levi dreef in het zwembad en hield de voeten van zijn vader vast. Hij giechelde als Gijs die bewoog. 'Drugshandel is hier aan de orde van de dag. Ze schijnen elkaar om de haverklap af te maken.'

'Nou, ik geloof dat dit wel een grote jongen was.' Herman had verder gelezen en stak zijn vinger in de lucht, alsof hij de aandacht wilde om iets te zeggen. 'Volgens dit nieuwsbericht was hij het hoofd van een bende die zich voornamelijk met doorvoerhandel bezighield. Een soort koeriersdienst, maar zo goed georganiseerd dat de politie hem nergens op kon pakken. Voor zover ze dat hebben geprobeerd.' Die laatste gebromde toevoeging was van hemzelf. 'Het schijnt dat de politie ook niet zo hard z'n best doet om dat drugsvolk een halt toe te roepen. Maar dat doen ze zelf wel, zo te zien. Deze Franklin Henriquez vertelt het in elk geval niet na.'

Met een ruk keek Amber op terwijl er iets kouds door haar buik schoot. 'Hoe heet hij?'

'Franklin Henriquez.' Herman keek wat bevreemd. 'Hoezo?'

'O nee, niks...' Amber slikte en dwong zichzelf om normaal te doen. 'Ik dacht dat je iets anders zei.'

Google schoot niet op. Ongeduldig keek Amber naar het blauwe balkje op haar telefoon, dat maar langzaam volliep. Die slome wifi ook.

Ze keek op. Ineke was binnengekomen om iets uit de koelkast te pakken. Amber probeerde zo ontspannen mogelijk te kijken.

'Even je mail checken?' vroeg haar schoonmoeder terloops. Amber knikte en humde wat, ze had niet de indruk dat Ineke echt op een antwoord wachtte.

Eindelijk kwamen er wat zoekresultaten in haar scherm. Een foto. Zijn brede postuur, zijn grote hoofd, diepbruine ogen, gemillimeterd haar. Haar herinneringen aan afgelopen nacht waren vertroebeld, maar ze meende toch echt dat het dezelfde man was. Hoeveel mannen waren er ook die Franklin heetten? Hoewel, die vraag kon ze niet beantwoorden. In Nederland waarschijnlijk niet buitensporig veel, maar ze had geen idee wat hier op Curaçao de meest gangbare namen waren.

Er waren meerdere foto's. Ze klikte ze een voor een aan. Elke keer kreeg ze een gevoel van herkenning. Ze scrolde verder. Nieuwsberichten met zijn naam erin. Hij was vermoord, zoveel had de politie al wel vastgesteld. De moordenaar had hem in zijn eigen zwembad gegooid, maar hij was al dood geweest toen hij erin viel. Gewurgd, waarschijnlijk. Het water had belangrijke sporen gewist.

Amber ging snel door de nieuwsberichten heen. Franklin Henriquez was een van de grootste drugsbazen op het eiland. Volgens de lokale media was hij er vooral goed in om onder de radar te blijven en tegelijkertijd zijn zakken te vullen. Hij had een hele clan om zich heen van loopjongens die hij het vuile werk liet opknappen. Hij beloonde ze rijkelijk en daarom bleven er maar jongens komen die het werk wilden doen, al gebeurde het met grote regelmaat dat een of meerderen van hen werden geliquideerd of de gevangenis in gingen. Een columnist van een lokale krant grapte dat Henriquez meer vrienden in de Bon Futuro-gevangenis had dan erbuiten. Hij had zelf ook weleens vastgezeten, maar had zich – volgens de berichten – al snel een weg naar buiten gekocht. Hoe precies, dat wist niemand. Niet lang daarna was een van zijn grootste concurrenten spoorloos verdwenen, weken later was zijn lichaam gevonden op een rots in Shete Boka, de ruige noordkust van het eiland. Het werd beschouwd als een waarschuwing aan iedereen die van plan was Franklin Henriquez tegen te werken.

Maar nu was hij dus dood. Crimewatchers buitelden over elkaar heen om duiding te geven aan de afrekening. Want iedereen ging ervan uit dat dat het was. Er was al een tijd een bloedige drugsoorlog gaande, las Amber. Een groep jonge, zeer gewelddadige criminelen probeerde te zagen aan de stoelpoten van Henriquez en zijn mannen. Zij wilden de baas worden over een goedlopende en zeer lucratieve smokkelroute vanuit Venezuela, de route waar Henriquez het grootste deel van zijn geld verdiende.

Amber las die zin een paar keer opnieuw, zonder dat haar ogen echt iets zagen. Ze vroeg zich af waarom deze informatie blijkbaar wel bij journalisten bekend was – en ongetwijfeld ook bij de politie – maar niet gebruikt kon worden om mannen als Franklin Henriquez voor langere tijd achter de tralies te krijgen. Ze vermoedde dat de beroemde en beruchte corruptie veel te maken had met het antwoord op die vraag.

Ze las verder. De laatste tijd had Henriquez veel moeite moeten doen om zijn route, en de smokkelwaar, te behouden. De drugsoorlog was opgelaaid, er waren aan beide kanten doden gevallen en de politie had meerdere malen kleine hoeveelheden drugs, voornamelijk cocaïne, onderschept. De drugs werden gevonden in auto's, in achtertuinen, zelfs in een hotelkamer die op naam stond van een Nederlandse toerist. Schuld kon vaker niet dan wel worden aangetoond. Ongrijpbaar, dat was een woord dat een politiecommissaris onlangs nog had gebruikt om aan te geven hoe moeilijk het was het cocaïneprobleem tot staan te brengen.

'Amber?'

Ze schrok en klikte snel de pagina weg. Bart kwam binnen. 'Hé, wat doe je?'

'Mijn mail', loog Amber, terwijl ze ondertussen snel het juiste icoontje op haar telefoon aanklikte. Dat had ze zo vaak gedaan dat ze het blind wist te vinden.

Bart liep door naar de koelkast en haalde er een flesje Amstel Bright uit. 'Jij ook?'

Amber aarzelde, maar schudde toen haar hoofd. 'Laat ik dat maar niet doen.'

'Alcohol is het beste middel tegen een kater', zei Bart met een grijns.

'Eerder een manier om de kater uit te stellen.' Amber keek verlangend naar het bier. 'Alleen krijg je hem daarna altijd twee keer zo hard terug.'

'Cola?' Bart pakte een andere fles. Amber knikte. Hij schonk in en zette het glas voor haar neer op de salontafel.

'Nog iets bijzonders?'

'Hoe bedoel je?'

'Je mail.' Hij keek haar onderzoekend aan.

'O ja, dat.' Ze haalde haar schouders op en hoopte dat het achteloos overkwam. 'Nee, niks. Wat lopende zaken die ik moet afhandelen.'

'Oké. Kom je zo ook naar buiten? De borrelhapjes zijn al bijna op.'

'Ik kom eraan.'

Amber wachtte tot hij weg was en stond daarna op. Ze liep naar boven, klopte kort op de deur en liep naar binnen zonder op antwoord te wachten.

'Soof.' Ze praatte sissend. 'Sophie, wakker worden.' Amber trok de gordijnen open en liet het late zonlicht de kamer in stromen. De bult onder de dekens kwam langzaam in beweging.

'Wat?' vroeg Sophie schor. 'Wat is er?'

Amber ging op het nachtkastje zitten, boven op een boek dat Sophie blijkbaar aan het lezen was. 'Moet je horen.'

Ze vertelde het nieuws over Franklin. Sophie schrok zichtbaar. In één klap was ze wakker. 'Is het hem?' vroeg ze ademloos. 'Die ene van vannacht?'

'Dat denk ik, maar ik weet het dus niet zeker.' Amber zocht de foto weer op op haar telefoon. 'Ik herinner het me niet zo heel goed. Maar jij hebt heel lang met hem gedanst, dus ik hoopte dat jij het nog wist.'

Ze draaide haar telefoon om en liet Sophie de foto zien. Die zoog lucht naar binnen en bleef secondelang zo zitten. Toen liet ze de lucht ontsnappen en pakte de telefoon aan.

'Ik denk het', zei ze uiteindelijk. 'Ik herken hem wel. Althans...' Ze bracht het scherm dichter bij haar ogen, en toen juist verder erbij vandaan. 'Het zou hem heel goed kunnen zijn. Maar ik was...' Ze beet op haar lip. 'Jij moest me vanochtend vertellen dat ik met hem had gedanst, dus zo goed zijn mijn herinneringen niet.'

'Denk goed na', drong Amber aan. 'Je weet het vast nog wel.'

Sophie sloot haar ogen. Toen ze ze weer opende, keek ze zoekend om zich heen. 'Wacht even.' Ze reikte naar haar mobiel, die achter Amber op het nachtkastje lag. Er klonk een geluidje toen ze de lader ontkoppelde. 'Ik herinner me iets...' Nadenkend begon Sophie op het schermpje te tikken. 'Een flard van...' Ze zweeg en kneep haar ogen samen. Daarna richtte ze haar blik geschrokken op Amber.

'Wat?' vroeg die ongeduldig. Ze rukte de telefoon bijna uit Sophies handen en keek op het scherm. Daar was een wat donkere foto te zien. Twee mensen keken lachend in de camera. Aan de linkerkant van de foto was een arm te zien, de arm die het toestel vasthield om de selfie te kunnen maken.

'Shit', zei Amber. 'Het is hem echt.'

Sophie knikte. Ze slikte hoorbaar. 'En nu?'

Amber vermande zich. 'En nu is hij dood.'

'Jezus.' Sophie staarde naar haar overtrek, waar geen dekbed in zat. 'Denk je dat ik naar de politie moet gaan?'

Amber dacht na over die vraag. Sophie had tot vroeg in de ochtend gezelschap gehad van een man die een paar uur later vermoord in zijn eigen zwembad werd gevonden. Ze kon zich zomaar voorstellen dat de politie graag een gesprek met Sophie zou willen.

'Ik herinner me alleen helemaal niks', zei Sophie, die blijkbaar tot dezelfde conclusie was gekomen. 'Ik weet alleen dat ik bij hem in de buurt ben geweest, maar niet wat ik heb gedaan of wat hij heeft gezegd. Waarschijnlijk kun jij nog beter met de politie gaan praten, jij herinnert je meer dan ik.'

Amber dacht even na, maar schudde toen haar hoofd. 'Dat ga ik niet doen. Er waren heel veel mensen op dat feest. Er is vast wel iemand die de politie zal vertellen dat Franklin daar geweest is, dat hoeven wij niet te doen. En verder kunnen wij ze toch niet helpen. Ik heb hem alleen maar gezien, jij herinnert je geen woord van wat hij heeft gezegd. In de krant stond dat hij een of andere drugsbaas is. Het lijkt me logischer dat ze in die hoek gaan zoeken dan dat ze zich bezighouden met de gasten van een strandfeestje waar hij toevallig is geweest.'

'Maar we zijn misschien wel de laatsten die hem in leven hebben gezien?'

'Herinner je je dat dan?'

'Nee, dat niet.' Sophie keek ongelukkig. 'Ik wou dat ik hem gewoon genegeerd had. Waarom moet ik nou net weer dansen met een of andere grote crimineel?'

Ondanks alles vond Amber de situatie ineens heel komisch. 'Ik wist niet dat je op zulke foute mannen viel.'

Sophie lachte niet mee. 'Het zit me echt niet lekker. Misschien moet ik toch naar de politie gaan. Straks komen ze erachter dat ik die hele nacht met hem ben geweest en dan staat het natuurlijk echt vreemd dat ik niks heb gezegd.'

Amber dacht daarover na. 'Daar heb je wel gelijk in', zei ze langzaam. 'Maar denk je niet dat het nog vreemder staat als je wel naar de politie gaat en vervolgens alleen maar zegt dat je je niks kunt herinneren?'

Sophie twijfelde zichtbaar. 'Wat zeggen ze nog meer over hem op internet?'

Amber had al verteld dat Franklin een drugshandelaar was, maar de details had ze weggelaten. Nogal belangrijke details zoals zijn werkelijke status en de grootte van zijn netwerk. Maar ze wilde Sophie nu niet nog verder de stuipen op het lijf jagen.

'Dat hij in zijn zwembad dreef.'

'Dat had je al gezegd.'

'O.' Amber zweeg even. 'Weet je wat ook een probleem is? Als je naar de politie gaat, kun je het niet meer voor Gijs verzwijgen. Dan moet je hem ook vertellen wat er is gebeurd.'

Sophie staarde voor zich uit. Ze had haar make-up niet goed verwijderd, in haar ooghoek zat een brokje mascara. Ze rilde even alsof ze het koud had en haalde toen haar schouders op. 'Daar heb je gelijk in. En ik kan ze toch niet helpen. Als ik me al iets herinner, dan was ik zo dronken dat ik niet eens zeker weet of die herinnering wel klopt.'

'Dat is zo.' Amber knikte ferm. Ze wist ook niet of ze er goed aan deden om zich niet bij de politie bekend te maken, maar het was kiezen uit twee kwaden. En dit was de minste kwade van de twee. Nu bleef het overzichtelijk, nu wist bijna niemand dat zij en Sophie op wat voor manier dan ook met Franklin te maken hadden gehad. Vooral Sophie dan, maar Amber voelde zich toch betrokken. Wat ze niet tegen haar schoonzus zei maar wel dacht, was dat ze – nog los van het feit dat ze de politie waarschijnlijk niet konden helpen – geen goed gevoel had bij het idee dat anderen zouden weten dat zij bestonden. Misschien was dat veel te ver gedacht, misschien had ze te veel enge Netflix-series gekeken, maar ze bleef het liefst zo ver mogelijk onder de radar.

'Ik ga douchen.' Sophie sloeg haar benen over de rand en kwam uit bed. Er was iets van opluchting op haar gezicht te zien. 'Hoe laat is het eigenlijk?'

'Nee, blijf lekker zitten.' Amber stond op voordat haar schoonmoeder dat kon doen. 'Jij hebt ook al gekookt. Ik ruim wel af.' Ze begon de borden te verzamelen en liep met een stapel naar binnen. Annemieke kwam achter haar aan en ook Hendrik-Jan bracht een halfvolle schaal met ovenaardappels. Amber haalde de deksel van de vuilnisbak en leegde de schaal erin. Ze deed hetzelfde met de salade en de stukken vlees die over waren. Ineke had de neiging voor een heel weeshuis te koken en elke avond ging er heel wat in de vuilnisbak, maar Amber zei er maar niks van. Zolang ze Ineke kende gebeurde dit al en waarschijnlijk zou het nooit veranderen. Je kon in elk geval altijd aanschuiven als je onverwacht kwam binnenvallen.

'Ik ruim wel even op', zei ze tegen de andere twee. Hendrik-Jan liet zich zoiets geen twee keer zeggen en verdween naar buiten. Annemieke maakte een sopje in de gootsteen. 'Ik help je. Met z'n tweeën is het zo klaar.'

Even stonden ze zwijgend naast elkaar. Amber ruimde de vaatwasser in, terwijl Annemieke de kookplaat schoonveegde met een vaatdoekje. Het was Annemieke die de stilte verbrak.

'Toch wel eng van die moord, vind je niet?'

Amber zette een rijtje borden tussen de tandjes van de afwasmachine. 'Hm?' vroeg ze, alsof ze het niet had verstaan.

'Die moord op die crimineel. Ik wist helemaal niet dat Curaçao zo gevaarlijk is.'

'Tja.' Amber probeerde te doen alsof het onderwerp nauwelijks haar interesse had. 'Dat gebeurt in Amsterdam ook weleens, toch? Zolang die criminelen gewoon elkaar afmaken, hebben we niet zoveel te vrezen.' Ze haalde haar schouders op en hoopte dat het er volkomen onverschillig uitzag. 'Opgeruimd staat netjes, lijkt me.'

'Ja, maar toch.' Annemieke spoelde het doekje in het sop. 'Zo'n lijk in het zwembad, brr.'

Amber gaf geen antwoord. Ze wilde het onderwerp het liefst laten rusten. Bovendien gedroeg Annemieke zich weer eens als het meisje dat niks gewend was. Daar kon Amber normaal al slecht tegen, maar dat ze zich nog steeds brak voelde deed haar humeur ook bepaald geen goed. Alsof Annemieke ook maar iets te maken had met wat er in het huis van Franklin Henriquez was gebeurd. Amber had zin om haar toe te snauwen dat ze blij moest zijn dat zij niet degene was die gisteren met hem op een feestje had gestaan, maar ze deed het niet. In plaats daarvan ruimde ze de vaatwasser verder in en deed hem dicht. Daarna haalde ze de volle vuilniszak uit de bak, trok hem dicht met de banden en maakte er een knoopje in.

'Ik breng deze meteen even weg', zei ze, vooral om aan Annemieke te ontsnappen. Die praatte maar verder over de veiligheid op het eiland en dat ze zich afvroeg of de beveiliging op het park wel voldoende was. Amber kon beter even naar buiten lopen voordat ze een opmerking maakte waar ze spijt van zou krijgen.

Ze pakte de vuilniszak op en verliet het huis via de voordeur. Het was al donker, het park werd schaars verlicht door kleine lantaarns naast de hoofdweg. Het was stil, de asfaltweg die door het villaresort kronkelde was verlaten. In het midden van het park was een vuilverzamelplaats, aan het zicht onttrokken door wat houten schotten. De ondergrondse containers waren propvol, maar er stonden ook een paar losse bakken. Die puilden inmiddels aardig uit. Amber had niet de indruk dat ze vaak werden geleegd.

Ze zocht een bak uit waar nog niet zo'n grote bult op zat, deponeerde de volle zak erop en duwde de deksel terug, maar die bleef overeind staan. Ze sloeg een vlieg weg van haar arm en liet het erbij.

Ineens stonden ze er. Amber had ze niet aan horen komen. Ze schrok en bleef staan.

Het tweetal stond op twintig meter afstand. Donkere huid, donkere kleren. Veel te warm voor de zwoele avond die het was. Ze droegen petjes, hun gezichten waren in het toch al weinige licht van de lantaarns helemaal in het donker gehuld.

Amber aarzelde. De twee mannen leken niet echt interesse in haar te hebben. Er ging een gedachte aan gisteravond door haar heen. De twee jongemannen bij Franklin? Ze had hun gezichten niet scherp op haar netvlies, en die van deze mannen kon ze niet goed genoeg zien. Ze schudde haar hoofd. Onzin, haar gedachten gingen met haar aan de haal.

Amber rechtte haar rug en hield haar kin iets hoger. Ze wierp een blik op het tweetal. Ze moest erlangs, er was geen ander pad naar de hoofdweg. Het was maar een meter of vijfentwintig. Ze stonden trouwens best op een vreemde plek, zo net van de weg af.

Amber begon te lopen. Een van de twee had zijn telefoon erbij gepakt, zag ze aan het oplichtende schermpje in het donker. Onopvallend keek ze ernaar. Toen ze hen naderde, richtte ze haar blik juist op de weg, langs hen heen, alsof ze te onbelangrijk waren om zelfs maar naar te kijken. Op het laatste moment draaide ze haar hoofd naar hen toe. Haar hart sloeg over. Allebei staarden ze haar recht aan. Ze slikte, maar haar keel was plotseling dik. De groet die ze achteloos had willen uitspreken, bleef steken. In plaats daarvan kraste ze iets onverstaanbaars. Geen van beiden zei iets terug.

Amber liep door, steeds snellere passen. Haar teenslippers klapten tegen het asfalt. Waarom was het zo stil op het park? Er waren heel veel huisjes verhuurd, of bewoond door hun eigenaars. Overdag reden er voortdurend auto's, maar nu was er niemand. Links en rechts van haar zag ze alleen donkere ramen. Vaag drong de geur van een barbecue haar neus binnen, maar die kwam van ver weg. Haar maag kneep samen. Ze wilde niet omkijken, maar ze deed het toch. De avond leek ineens onoverkomelijk donker. Haar oren begonnen te suizen.

Ze volgden haar. Op afstand, maar onmiskenbaar. Recht naast elkaar, alsof ze een militaire oefening uitvoerden. Waarom liepen ze in vredesnaam achter haar aan? Had dit met gisteravond te maken? Met Sophie? Wist ze meer dan ze zei, of dan ze zich herinnerde? Gedachten schoten van links naar rechts door haar hoofd. Amber ging steeds sneller lopen. Ze spiekte achterom. Ze hadden hun tempo ook verhoogd.

Ze begon te hijgen. Aan alle kanten brak het zweet haar uit. De afstand tot het huis leek ineens veel langer te zijn geworden. Waarom had ze haar telefoon niet meegenomen?

Misschien moest ze de andere kant op lopen, richting de poort, waar de bewaker zat. Maar ze durfde niet om te keren en het tweetal recht tegemoet te lopen. Bovendien schoot er een andere gedachte door haar heen. Ze waren ook binnengekomen. Er was maar één toegangspoort, en de muren rondom het resort waren te hoog om overheen te klimmen. Misschien stelde die bewaking toch wat minder voor dan ze dacht.

Ze ging nog wat sneller lopen, bijna in looppas. De afstand werd niet groter. Ze kwam langs een huis waar licht brandde. Even overwoog ze naar de deur te rennen, erop te bonzen, aan te bellen. Ze deed het niet. In plaats daarvan beende ze door, zwetend, hijgend. Haar hart bonkte zo hard dat het pijn deed. Haar oren suisden. Een warme wind streek langs haar verhitte gezicht en zorgde nauwelijks voor verkoeling.

Ze was er bijna. Hoe dichter ze bij het huis kwam, hoe sneller haar benen gingen. Ze had er niks meer over te zeggen, haar voeten leidden een eigen leven. Ademhalen deed pijn, ze had het gevoel dat haar longen elk moment uit elkaar konden klappen. Haar hele lichaam stond in de vluchtstand. Nu moest ze links, richting het huis. De andere huizen leken donker. Gisteren had ze er nog mensen gezien. Waar waren ze? Weg? Binnen? Als ze zou gillen, zou iemand haar dan horen?

Ze blikte over haar schouder. Even dacht ze dat de mannen verdwenen waren. Van binnenuit voelde ze al opluchting opkomen, die zich in hoog tempo door haar lichaam verspreidde. Haar ademhaling werd iets rustiger, als vanzelf verlaagde ze haar tempo een beetje. Misschien was het toch verbeelding geweest. Misschien...

Het volgende moment schoot de angst als een shot door haar heen. Automatisch had ze omgekeken. Ze waren er weer, dichterbij dan net. Ze struikelde bijna in haar haast om weg te komen. Haar slipper klapte dubbel. Een scherpe pijn schoot door haar teen toen die over het asfalt schraapte. Ze negeerde het gevoel en holde verder, zonder om te kijken, naar het huis.

Met moeite onderdrukte ze een schreeuw toen ze het pad bereikte. Het grind spatte op onder haar voeten. Pijn ging door haar benen toen ze de laatste passen aflegde. Ze voelde haar nagel breken toen ze naar de deurklink greep, maar miste. Haar handen trilden zo heftig dat ze moeite had de klink te vinden. Terwijl haar vingers zich er uiteindelijk omheen sloten, keek ze nog één keer achterom. De twee mannen stonden recht naast elkaar op het asfalt, dertig meter verderop, hun blik recht op haar gericht. Amber sloot even haar ogen. Ze had hen rechtstreeks naar hun huisje geleid. Terwijl ze met een woeste beweging de deur opengooide, bekroop Amber het gevoel dat ze iets heel stoms had gedaan.

# *Hoofdstuk 7*

'Maar wat deden ze dan?' Sophie praatte fluisterend, bijna sissend. Op haar wangen lag een blos van schrik en opwinding. Ze leunde met haar rug tegen het aanrecht, de koffie in haar kopje klotste bijna over de rand door de handbeweging die ze maakte. Met een klap zette ze de beker op het aanrecht om hem daarna meteen weer op te pakken en een slok eruit te nemen.

Amber haalde haar schouders op. 'Ik weet het niet.' Ze voelde zich al net zo opgefokt. Waarschijnlijk zou ze geen koffie moeten drinken, maar toch pakte ze een mok uit de kast en schonk die vol. Filterkoffie, ze begon er na vijf dagen al bijna aan te wennen.

'Hoezo: je weet het niet?' Sophie perste haar lippen op elkaar. 'Ze zaten achter je aan, zeg je? Wat zeiden ze? Wat deden ze?'

'Ze zeiden niks. En ze deden ook niet echt wat, behalve achter me aan lopen.' Ze sloot even haar ogen. 'Als het inderdaad die twee waren die bij Franklin hoorden, dan moet dat iets betekenen.'

Amber had er vannacht de hele tijd aan gedacht. Toen ze gisteren terug was gekomen in het huisje, had ze even nodig gehad om weer rustig te worden. Gelukkig had Annemieke niet doorgevraagd. Na een tijdje was het zweet op haar rug opgedroogd, ging haar ademhaling weer normaal en trilden haar handen niet meer. Ze had toch maar een glas wijn genomen voor de schrik en tegen die tijd was de relativering gekomen. Misschien had ze het zich toch allemaal verbeeld. Misschien waren de twee mannen gewoon gasten van het resort, of huiseigenaars.

Tot ze 's nachts in bed lag. Ze wist niet meer precies wat ze had gedroomd, alleen dat er een achtervolging was geweest en dat het levensecht had gevoeld. Haar voorhoofd en kussen waren nat geweest van het zweet. Ze was uit bed gegaan en had een tijdje beneden op de bank gezeten, tot ze daar de kriebels had gekregen en toch maar weer naar boven was vertrokken. Uiteindelijk had ze met open ogen in het donker liggen staren. Onvermijdelijk waren de beelden weer bij haar opgekomen. Ze had ineens heel zeker geweten dat die twee jongemannen er niet voor niks hadden gestaan. Daarvoor waren ze te veel op haar gericht geweest. Maar waarom waren ze ineens opgedoken? Ze kon geen antwoord verzinnen, maar aan de andere kant: wat wist zij ervan? Er was vast een reden dat iemand Henriquez dood in zijn zwembad had gegooid en die reden kende ze ook niet. Er speelde natuurlijk veel meer dan zij kon verzinnen. Of misschien waren er dingen gebeurd waar zij geen weet van had en Sophie ook niet omdat ze dronken was geweest, maar die nu ineens heel erg belangrijk waren. Amber was er maar niet uit gekomen. Was Sophie in gevaar? Of zijzelf? Of de hele familie?

Sophie huiverde zichtbaar in haar dunne nachthemd. Ze sloot haar handen om haar mok en nam voorzichtige slokjes. ‘Ik had nooit met je mee moeten gaan’, zei ze zacht. ‘Ik begrijp niet dat ik zo stom ben geweest.’

Amber slikte een scherpe opmerking in. In plaats daarvan zei ze: ‘We weten helemaal niet of dit iets te maken heeft met die Franklin.’

‘Nee.’ Ongelukkig schudde Sophie haar hoofd. ‘Maar toch.’ Ze keek verschrikt. Toen keek ze Amber aan. ‘Ik ben die nacht nog gebeld door een nummer dat ik niet ken. Een lokaal nummer, te zien aan de landcode.’

Even keek Amber haar bevreemd aan. ‘Hoe bedoel je?’ vroeg ze een beetje onnozel.

‘Zoals ik het zeg: iemand heeft me gebeld, ik heb blijkbaar niet opgenomen.’

‘Was je toen nog met Franklin?’

Sophie nam nog een slok en zette haar beker op het aanrecht. Ze dacht na voordat ze antwoord gaf. ‘Ik heb geprobeerd de tijdstippen terug te halen, maar eerlijk gezegd denk ik dat mijn geheugen totaal onbetrouwbaar is. Als ik moet gokken, zou ik zeggen dat Franklin toen al weg was.’

‘Heb je hem je nummer gegeven?’

‘Dat weet ik niet meer.’

‘Wie neemt er op als je terugbelt?’

Sophie keek zowel geschrokken als verbaasd. ‘Dat heb ik niet geprobeerd. Dat durf ik echt niet.’

Amber moest haar best doen om niet te zuchten. Ze reikte naar de koffiepot en schonk hun bekers nog eens vol. Daarna liep ze naar de tuindeuren.

Ondanks het vroege tijdstip was het alweer warm buiten. Amber ging onder de overkapping op een stoel zitten en zette haar beker voor zich op tafel. Ze trok haar linkerbeen op en sloeg haar armen eromheen. Sophie was haar gevolgd en nam naast haar plaats. Geen van beiden zei iets. Amber staarde naar het zwembad, waar een blaadje in dreef.

'Vind je dat ik dat nummer moet bellen?' vroeg Sophie uiteindelijk.

'Ja.'

'Maar wat als het wel Franklins telefoon is? Straks neemt de politie nog op. Of iemand anders.'

'Dan zet je je nummerherkenning uit.'

'Ja,' zei Sophie zonder enige overtuiging in haar stem, 'dat kan.' Ze ging niet verder met praten. Amber keek naar haar, maar ze keek weg.

'Maar?'

'Volgens mij kunnen ze er dan alsnog achter komen met welk nummer je belt.'

'Nou en? Als het Franklins telefoon is, kan de politie of wie die telefoon ook heeft, precies zien welke nummers er gebeld zijn. Dan weten ze toch allang dat jij dat bent.'

Daar had Sophie blijkbaar nog niet over nagedacht. Er gleed iets van verontrusting over haar gezicht. 'Shit.'

'Maak je niet druk. Je hebt toch niks strafbaars gedaan?'

'Ik wil gewoon helemaal niet met die man geassocieerd worden.'

Amber liet haar koffie rondgaan in haar beker. Ze begon

er spijt van te krijgen dat ze Sophie had verteld over gisteravond. Misschien had ze zelf wat overspannen gereageerd doordat die Franklin was vermoord. Als ze reëel was, kon ze alleen maar de conclusie trekken dat haar lijntje met hem flinterdun was, veel te dun voor wie dan ook om zich druk over te maken. En Sophie had misschien met hem gedanst, maar voor haar gold hetzelfde.

'Geef je telefoon eens.'

'Wat? Nu?' Terwijl ze aarzelend reageerde, stak Sophie wel haar hand uit naar haar mobiel die voor haar op tafel lag. Ze overhandigde hem aan Amber en somde de toegangscode op.

Amber ging naar de gemiste oproepen en zag het betreffende nummer staan. Zonder verder na te denken, klikte ze erop. Er klonken wat klikjes toen de verbinding tot stand werd gebracht. Even was het stil, toen kreeg ze een langgerekte pieptoon, daarna werd de verbinding verbroken. Met een zachte plof gooide ze de telefoon terug op tafel. 'Afgesloten.'

'Het blijft apart.' Grijnzend hield Ineke een pot pindakaas van het eigen merk van Albert Heijn omhoog. 'Deze hebben we thuis ook altijd.'

Ze legde de pot in het winkelwagentje en duwde dat voor zich uit. Amber had Robins favoriete koekjes gepakt en legde die erbij. Zelf was ze er nog niet uit of ze de aanwezigheid van Albert Heijn nou grappig of vreselijk vond. Ze neigde naar het laatste. Op vakantie wilde ze juist loskomen van thuis, maar in de supermarkt had ze het idee dat ze gewoon in Amsterdam was. De airco stond er zo hoog dat het qua temperatuur ook klopte.

Ze wist eigenlijk niet waarom ze had aangeboden te helpen met de boodschappen. Ineke had een lijstje gemaakt en werkte dat af volgens haar eigen systeem. Om redenen die Amber niet begreep stopte ze de boodschappen nu al in kratten, terwijl het straks allemaal weer op de band moest worden gelegd.

'Deze vindt Levi heerlijk.' Sophie had een fles limonade gepakt en zette die naast de koekjes.

'Nu alleen nog iets te eten voor morgen.' Ineke keek nadenkend om zich heen. 'Ik kan wel macaroni maken.'

'Zal ik anders koken?' bood Amber in een opwelling aan. Het was niet zozeer dat ze haar schoonmoeder werk uit handen wilde nemen, ze had het na vijf dagen wel een beetje gezien met haar kookkunst. Het liefst ging ze elke avond uit eten, maar ze wilde haar schoonouders niet voor het hoofd stoten.

'Dat hoeft niet hoor, lieverd', zei Ineke meteen. 'Ik vind het niet erg om te doen en jullie moeten lekker van de vakantie kunnen genieten.'

'Laten we het samen doen', stelde Sophie voor. 'Dan heb jij ook een avondje vrij, Ineke.'

Haar schoonmoeder aarzelde zichtbaar, maar knikte uiteindelijk. 'Nou ja, dat is wel heel lief van jullie dan.'

'We gaan even wat dingen pakken.' Amber liep weg, gevolgd door haar schoonzus. Toen ze buiten gehoorafstand waren zei die: 'Jij durft die macaroni ook niet aan, hè?'

Amber grijnsde. 'Ik heb hem al eens gegeten. Kaas en tomatenpuree, en als je geluk hebt hamblokjes.' Ze keek toegeeflijk. 'Het is een lief mens, maar koken kan ze niet.'

'Ik heb wel zin in een lekkere salade vanavond.' Ze waren op de groenteafdeling aangekomen en Sophie begon de ingrediënten bij elkaar te zoeken. 'Caesar?'

Amber knikte. 'Prima. Dan kunnen we de kip wel in de oven grillen.'

'Ja, en...' Sophie werd onderbroken door het geluid van haar telefoon. Ze haalde hem uit de achterzak van haar korte broek en keek op het schermpje. Fronsend nam ze op. 'Met Sophie Andersen.'

Amber sloeg nauwelijks acht op haar schoonzus. Ze stond voor het koelschap met wel tien verschillende soorten sla en probeerde te bepalen welke het het best zou doen in een caesarsalade. Ze neigde naar gewone ijsbergsla.

Ze keek opzij naar Sophie. Terwijl ze haar blik alweer op de sla wilde richten, draaide haar hoofd als vanzelf terug. Haar schoonzus was lijkbleek geworden. Met één hand zocht ze steun bij de bakken met uitgestalde groenten. Haar lippen bewogen, maar er kwam geen geluid uit haar mond, waardoor ze wel iets weg had van een vis die per ongeluk op het droge was geraakt. In haar ogen was opkomende paniek te zien, die zich bij Amber meteen vertaalde in bezorgdheid.

'Wat is er?' vroeg Amber, half fluisterend. Haar hartslag steeg. Ze blikte om zich heen, maar niemand lette op hen. Ze greep Sophie bij haar arm en schudde die heen en weer. 'Wat?'

Sophie schudde haar hoofd, maar het was niet duidelijk of ze dat naar Amber deed of vanwege wat ze aan de telefoon hoorde. In haar witte gezicht waren twee rode cirkels op haar wangen ontstaan. Het zag er vreemd uit, als een clowntje. Haar nek begon vlekkerig te worden.

'Soof...' Amber schudde harder. 'Wat is er?'

Plotseling haalde Sophie haar telefoon van haar oor, zonder nog iets te zeggen. Ze keek naar het scherm en daarna naar Amber, vertwijfeld, gedesoriënteerd. Een paar keer slikte ze, maar het ging moeizaam.

'Wie was dat?' vroeg Amber met haar gezicht vlak bij dat van Sophie. Ergens in haar leek een alarm af te gaan, dat steeds nadrukkelijker begon te klinken.

Sophie schraapte haar keel, deed haar mond open, maar sloot die toen weer. Daarna herhaalde het tafereel zich, al lukte het haar deze keer wel om een paar woorden te vormen. 'Het was een van die mannen van Franklin.'

Amber kneep haar ogen samen en probeerde niet te laten merken dat haar hart oversloeg. 'Hoezo?'

Sophie schudde haar hoofd. 'Ik weet het niet. Ik kon hem niet goed verstaan, maar hij noemde Franklins naam en er was iets met een tas.'

'Jouw tas?' Amber had zin om Sophie door elkaar te schudden om informatie uit haar te krijgen. 'Hoe bedoel je? Is jouw tas nog bij hen?'

'Ik weet het niet.' Sophie keek op en herhaalde: 'Ik weet het echt niet.'

'Zei hij ook waarom hij die tas wilde hebben?' Amber keek ongeduldig. 'Het was toch een hij?'

'Ja.' Sophie liet eindelijk de stellage met groentebakken los. Ze klopte haar T-shirt af alsof er een vuiltje op zat. 'Hij zei dat hij wilde weten waar de tas is en dat ik hem dat moest vertellen. Hij noemde Franklins naam, maar meer ook niet. Hij zei niet welke tas hij bedoelde, of waar die dan zou moeten zijn.' Ze dacht even na, maar schudde toen haar hoofd. 'Het moet een misverstand zijn. Mijn eigen tas ben ik gewoon verloren, maar daar zat niks van waarde in. Mijn portemonnee en mijn telefoon had ik bij me.'

'Denk diep na', zei Amber dwingend.

Sophie sloot even haar ogen, schudde haar hoofd en opende ze toen weer. Ze haalde diep adem via haar neus en liet de lucht via haar mond ontsnappen. 'Ik weet het gewoon niet', zei ze een beetje moedeloos. 'Het is allemaal zo vaag. Alles is vaag.'

Amber haalde diep adem en begon een beetje te kalmeren. Het was nogal een raar verhaal. Voor haar gevoel klopte het van geen kant. Misschien gewoon een gek die willekeurige nummers belde, of iemand die wel met Franklin te maken had gehad en een beetje doorsloeg omdat hij zelf een fout had gemaakt.

'Misschien moet je je telefoon maar niet meer opnemen', stelde ze voor. 'Of helemaal uitzetten.'

'Denk je dat?' Sophie keek haar aan. 'Ik snap niet dat jij zo rustig kunt blijven. Ik ben me lam geschrokken.'

'Als je logisch nadenkt slaat het toch helemaal nergens op?' Amber gebaarde met haar handen terwijl ze praatte. 'Ten eerste weet jij helemaal niks over een tas en ten tweede heb jij amper iets met die Franklin te maken gehad. Dit kan toch helemaal niet om jou gaan?'

'Maar wat als zij dat niet weten?'

'Wie?'

'Die mensen.' Sophie gebaarde met haar linkerhand naar haar telefoon in haar rechter. 'Straks denken ze dat ik een of andere tas achterover heb gedrukt.'

'Welnee.' Amber wuifde die woorden weg.

'Maar dit zijn criminelen.'

Amber blies haar adem uit via haar neus. 'Ja, maar het is geen derderangs actiefilm, hoor. Ze hebben gewoon de verkeerde gebeld en daar komen ze snel genoeg achter. Ongelukkig genoeg stond jouw nummer in zijn telefoon.'

'Het klonk behoorlijk serieus.'

'Zet je telefoon nou maar uit. Ik denk niet dat...'

'Is er iets aan de hand?'

Amber schrok toen ze plotseling de stem van haar schoonmoeder achter zich hoorde. Ze had Ineke helemaal niet aan zien komen.

'Nee', zei ze, te snel, en te hard, terwijl ze zich omdraaide. 'Nee, niks.'

'Echt niet?' Ineke keek van de een naar de ander. Sophie zag er nog steeds wat verschrikt uit, dat zag Amber ook wel.

'Nee hoor', beweerde haar schoonzus. 'We stonden te bedenken welke salade we zullen maken.'

'Caesar, dus', zei Amber snel. 'Ik ga kip pakken.'

'En ik sla.'

Allebei liepen ze een andere kant op. Amber rechtte haar rug en stapte zo zelfverzekerd mogelijk weg, al kon ze niet helemaal verbergen dat haar knieën een beetje beefden.

Er schoot iets geels langs haar arm. Amber draaide haar hoofd en keek het na. Een klein dier, waarvan ze de naam niet kende. Ze richtte haar blik weer naar voren en keek naar de bonte explosie van vissen voor zich. Ze knipperde een paar keer. Er zat een beetje water in haar duikbril dat in haar ogen prikte.

Ze hield van de wereld onder water. De stilte, de afzondering, de vertraagde bewegingen van haar eigen lichaam die in contrast stonden met het schichtige wegschieten van de vissen. Het was wonderlijk hoeveel prachtige vissen er zo dicht onder het oppervlak en vlak bij het strand huisden. Het liefst wilde ze verder uit de kust en dieper dan je met een snorkel kon gaan. Het was veel te lang geleden dat ze had gedoken. Misschien kon ze dat deze vakantie nog gaan doen, Bart wilde vast wel mee.

Ze zwom verder in de richting van de rotsen, aan de zijkant van de baai. Daar bleef ze een tijdje stil in het water hangen. Het enige geluid was de metaalachtige weerklank van haar eigen ademhaling in de snorkel.

Eerst kwamen alleen de meest brutale vissen op haar af. Amber tikte op haar duikbril, een trucje dat ze ooit van haar PADI-instructeur had geleerd. Een stuk of tien kleine visjes schoten op het geluid af en bleven op slechts een paar centimeter van haar ogen hangen. Een paar seconden later verloren de diertjes hun interesse alweer en schoten ze weg. Amber verplaatste haar blik naar de rotsen. Het bruingrijze steen was begroeid met algen. In de grillige vormen zaten honderden, duizenden hoekjes en holletjes waar allerlei vissen en andere dieren in huisden. Nu ze stil in het water lag, zag ze die heel voorzichtig tevoorschijn komen. Ook onder haar, op de zandbodem, ontstond beweging. Wat Amber voor een kei had aangezien, bleek een soort slangachtig beest te zijn dat zich uitvouwde en kalm wegzwom. Ze keek hem na. Het volgende moment kwam er een school kleine visjes op haar af, het ene nog bonter dan het andere. Ineens lag ze er middenin. Ze waren overal om haar heen, ze voelde ze tegen haar armen en benen tikken.

Plotseling schoten de vissen alle kanten op. Het water om haar heen begon te bewegen, ze voelde spetters op haar rug die boven het oppervlak was gebleven. Nog voor ze haar hoofd kon oprichten, had ze al twee armen om haar middel.

'Een haai!' riep Bart uitgelaten toen Amber opkeek. Hij maakte er woeste gromgeluiden bij en probeerde haar onder water te trekken. Ze protesteerde lachend.

'Laat me los!'

'Nee, ik ben een heel gevaarlijke haai!' Hij klom nu zo'n beetje op haar rug. Amber ging kopje-onder en kwam hoestend weer boven. Ze wierp hem van zich af en plensde een golf water zijn kant op. Daarna dreven ze grinnikend naast elkaar.

'Nu heb je de vissen weggejaagd', zei ze quasi-verwijtend.

'Nee hoor, daar zijn ze alweer.' Bart wees onder water naar een groepje dat rond hun benen zwermde. Het water was zo helder dat Amber zelfs van boven het oppervlak de bodem kon zien, ook al kon ze op deze plek niet staan. Ze bewoog haar voet en keek geamuseerd toe hoe de school uiteenstoof en een eindje verderop meteen weer bij elkaar kwam. Ze had eens een natuurdocumentaire gezien waarin werd uitgelegd dat een school vissen niet zomaar een zooitje ongeregeld was, maar een goed georganiseerde groep waarin ieder z'n eigen plek had.

'Ik zag ook een of andere slang', vertelde ze aan Bart. 'Ik dacht dat het een steen op de bodem was, maar toen ik er een tijdje stil boven hing, zwom hij ineens weg.'

'Cool.'

'Misschien kunnen we later deze week nog gaan duiken. Het is al zo lang geleden dat we dat voor het laatst hebben gedaan.'

Bart knikte en veegde de druppels van zijn kale hoofd. 'Dat dacht ik ook al. Ik heb op internet gekeken en vanaf

Playa Kalki schijn je erg goed te kunnen duiken. Dan hoef je niet eens met de boot, het is dicht bij de kust al erg mooi.'

'Waar is dat?'

'Op Westpunt.'

'Klinkt goed. Misschien kunnen we morgen gaan, je ouders willen vast wel op Robin passen.' Amber gebaarde met haar hoofd in de richting van het strand. 'Maar nu moet ik eerst even uitrusten', zei ze met een grijns. 'Ik heb al zo lang gezwommen.'

'Mag ik je snorkel?'

Amber gaf de set aan Bart en zwom daarna met rustige slagen naar het strand. Voorzichtig liep ze het laatste stukje over de met stenen bezaaide bodem, zwaaiend met haar armen om in evenwicht te blijven. Rondom haar voeten kwam het kraakheldere water met kleine golfjes aan land.

'Mama!' Robin zat in het zand bij de waterlijn te spelen met een emmertje. Elke keer vulde ze het met nat zand, waarna Annemieke het omdraaide en er een taartje ontstond, dat vervolgens door een golf werd weggespoeld. Robin vond het hilarisch.

Amber liep even naar haar toe. 'Ben je lekker aan het spelen, schat?'

'Ja, kijk.' Robin had een schepje in haar hand, waarmee ze op de restanten van het laatste taartje mepte. 'Hij stort de hele tijd in!'

'En tante Annemieke maar nieuwe taartjes bakken.'

'Ja.' Robin keek haar moeder aan, knipperend achter haar felrode zonnebril.

'Als je het zat bent, dan moet je het zeggen', zei Amber tegen haar schoonzusje. Die schudde echter haar hoofd en gebaarde dat Amber lekker op haar handdoek kon gaan liggen. Dat liet ze zich geen twee keer zeggen.

Ze liep naar haar strandlaken en liet zich erop ploffen. Rechtop zittend liet ze haar blik ronddwalen. Ze waren vandaag naar Grote Knip gereden, een van de weinige stranden van het eiland die niet bij een resort hoorden en waar dan ook geen rijen met zachte strandbedjes klaarstonden. Dat laatste betekende misschien iets minder comfort, maar Amber vond het fijn dat het er wat ongerepter was. Geen tentje waar massages werden gegeven, geen obers die af en aan liepen met drankjes en lunchgerechten waar de frituurlucht vanaf walmde, geen ponton in zee om vanaf te duiken. In plaats daarvan waren er een paar picknicktafels en een piepkleine bar, gevestigd in een soort bouwkeet, maar die was vandaag gesloten. Het strand was zo wit dat het pijn deed aan je ogen en de kleur van de zee liet zich het best omschrijven als doorschijnend turquoise. Dat stak helder af bij de bruine rotsen aan weerszijden van de baai en de groene begroeiing daarbovenop. Het was rustig op het strand. In de verste uithoek zat een Antilliaanse familie en verder was er maar één ander gezin. De twee jongetjes die daarbij hoorden, speelden samen met een bal aan de waterlijn.

In het midden van de baai dreven Bart en Hendrik-Jan nu samen in het water, allebei met een flesje Amstel Bright in hun hand. Blijkbaar had Bart het snorkelen alweer opgegeven. Amber hoorde hun stemmen, maar kon niet verstaan waar ze het over hadden. Ze reikte naar de koelbox en haalde er ook een drankje uit. In een zakje in de box zaten partjes limoen. Ze glimlachte, Bart had overal aan gedacht toen hij inpakte. Ze wipte de dop van het flesje, schoof een stukje limoen in de hals en nam een slok. Het smaakte goed. Koud en een beetje bitter. Meteen nam ze een tweede slok. Daarna liet ze zich iets achterover zakken en steunde op haar ellebogen, terwijl ze met nietsziende ogen wat voor zich uit staarde.

Haast automatisch kwam het telefoontje van vanochtend terug in haar gedachten. Ook al wilde ze het afdoen als onbelangrijk, het bleef maar in haar hoofd zitten. Ze zag weer het gezicht van Sophie voor zich, bleek en geschrokken. Was het echt zo eng geweest, of was de reactie van Sophie overdreven? Amber wist het niet. Ze wilde dat zijzelf het gesprek had gevoerd. Dan had ze veel beter kunnen inschatten wat er nou eigenlijk aan de hand was.

Ze had Sophie er niet meer over gesproken. Nadat ze de spullen voor het eten van vanavond hadden gepakt, waren ze meteen naar de kassa gegaan. Ineke was er de hele tijd bij geweest. Eenmaal thuis had Ineke de boodschappen opgeruimd, terwijl Sophie zich over Levi ontfermde die niet wilde slapen. Bart had intussen het plan opgevat om naar Grote Knip te gaan en Amber was meteen de zwemspullen gaan pakken. Sophie en Gijs wilden niet mee, Hendrik-Jan en Annemieke wel. Ze gingen met één auto en onderweg had niemand gemerkt dat Amber een beetje stil was. Ze had het gesprek langs zich heen laten gaan. In plaats daarvan waren er allerlei scenario's in haar hoofd opgekomen, maar niks leek logisch.

Nu ze alleen op haar handdoek lag, pikte ze de draad van haar gedachten weer op. Het idee dat de hele tijd overheerste, was dat het een groot misverstand was. Eerst had ze gedacht aan een grap, maar dat sloeg eigenlijk nergens op. Wie zou er een grap willen uithalen? Bovendien was er niks grappigs aan dit telefoontje. Een misverstand was logischer, al had ze nog niet uitgevogeld wat er dan precies misging. Blijkbaar was iemand een tas kwijt en was die die avond op het feest geweest, zover was ze al gekomen. Misschien had Sophie ermee in haar handen gestaan, maar dat wist ze dan niet meer. Misschien ook niet en was de beller op zoek naar iemand die toevallig een beetje op Sophie leek – er waren die avond genoeg blonde vrouwelijke toeristen geweest – maar dan was het weer vreemd dat ze haar nummer hadden.

Ze nam nog een slok en dacht na over dat 'ze'. Wie waren 'ze'? Moest ze eigenlijk wel in het meervoud denken? Franklin kon het niet zijn, maar misschien iemand die dicht bij hem stond en er die avond ook was? Of misschien dacht ze helemaal in de verkeerde richting. Misschien was het een bizar en ongelukkig toeval dat Franklin dood was, maar hadden die tas en het telefoontje helemaal niks met hem te maken. Sophie had wel gezegd dat de beller Franklins naam had genoemd, maar ze had ook gezegd dat ze hem eigenlijk niet zo goed kon verstaan.

Amber sloot haar ogen, ging op haar rug liggen en legde haar armen plat naast zich neer. Ze sloot haar ogen, want ondanks haar zonnebril was het ondoenlijk om omhoog te staren. Het mocht dan tegen vieren lopen, de zon brandde er niet minder fel om.

Onderdeel van het probleem was Sophie zelf, bedacht ze. Die was zo neurotisch. Als ze nou gewoon tegen die figuur aan de telefoon had gezegd dat ze niks wist over een tas en dat ze niet meer gestoord wenste te worden, was ze misschien wel zo van dit gedoe af. Rug recht, zelfvertrouwen, dat gold ook in dit geval. In plaats daarvan reageerde ze als een piepende angsthaas, waarmee ze natuurlijk meteen de verdenking op zich laadde dat ze loog.

Amber dacht aan die andere mogelijkheid: dat er inderdaad een tas was. Een tas met een inhoud die blijkbaar belangrijk was voor bepaalde mensen met niet al te beste bedoelingen. En stel dat die tas op een bepaald moment die avond in handen van Sophie was geweest. Of als het op een of andere vreemde manier toch om Sophies eigen tas ging. Wat dan? Als dat zo was, dan zou ze...

'Hé!' Met een ruk kwam Amber overeind toen ze koude spetters op haar buik voelde. Bijna stootte ze haar bier om, maar in dezelfde beweging waarmee ze het flesje raakte, greep ze het net op tijd vast.

'Sorry.' Bart stond grijnzend naast haar en zag er niet erg berouwvol uit. Hij liet zich op de handdoek naast de hare ploffen en staarde voor zich uit, zijn benen opgetrokken, zijn onderarmen op zijn knieën. 'Wat is het hier prachtig, hè?'

Amber knikte. Ze keek toe hoe Annemieke Robin optilde en haar meenam het water in. Annemieke wankelde over de stenen op de bodem, tot ze blijkbaar zand onder haar voeten voelde en beter kon lopen. Robin zat op haar heup en gebaarde naar alles wat ze zag. Zelfs van een afstandje zag Amber haar stralen.

'Ja, geweldig', beaamde ze na een paar seconden.

Bart keek opzij. Hij trok een wenkbrauw op. 'Is er iets?'

Amber voelde zijn ogen op haar gericht, maar hield haar eigen blik op de horizon. 'Nee hoor. Hoezo?'

'Je lijkt een beetje afwezig.' Bart draaide zich op zijn zij. 'Eigenlijk heb ik dat idee al de hele middag.'

Amber voelde een klein schokje. 'Er is niks aan de hand', zei ze zo luchtig mogelijk. Ze keek hem aan, al was ze blij dat ze een zonnebril op had. Ze was nooit een heel goede leugenaar geweest.

'Oké.' Bart bleef haar aankijken, alsof hij haar niet helemaal geloofde. Uiteindelijk haalde hij licht zijn schouders op en draaide weer op zijn rug. Hij vouwde zijn armen onder zijn hoofd en bleef stilliggen.

Amber keek weer voor zich uit. Ze knipperde een paar keer. Haar ogen prikten nog steeds. Er zat een zwaar gevoel in haar buik. Ze nam een slok bier, maar het verdween niet. Ze had overwogen om Bart in vertrouwen te nemen, en ze overwoog het nu weer. Het voelde niet goed om niet met hem te delen wat haar bezighield. Bovendien wilde ze graag horen wat hij ervan vond. Zijn nuchtere commentaar kon haar altijd geruststellen als ze zich te veel liet meeslepen door haar eigen gedachten.

Maar toch hield ze haar mond, ze wilde geen gedoe. Bovendien had ze het gevoel dat ze er nu niet meer mee aan kon komen. Plompverloren meedelen wat er gisteravond was gebeurd. Toen had ze het nog wel voor hem kunnen verbergen, maar toen ze vandaag thuis waren gekomen van het boodschappen doen, had hij gemerkt dat ze ergens mee zat. Opnieuw had ze hem verteld dat hij het zich verbeeldde. Ze had niet de indruk dat hij dat geloofde, maar hij had niet verder gevraagd. En net natuurlijk ook weer.

Ze draaide haar hoofd en keek naar hem. Achter zijn zonnebril had hij zijn ogen gesloten, maar hij sliep niet want af en toe deed hij zijn ogen even open en nam een slokje van zijn bier. Misschien zou ze het hem achteraf wel vertellen. Als ze weer thuis waren en dit allemaal inderdaad een storm in een glas water zou blijken te zijn. Dat was een aangename gedachte die ze graag vast wilde houden, maar om een of andere reden had ze het gevoel dat ze zichzelf voor de gek hield.

Het cruiseschip was gigantisch. Net een drijvende flat, bedacht Amber toen ze langs de zijkant omhoogkeek. Het begon te schemeren en op de boot gingen steeds meer lichtjes aan. Groepjes voornamelijk Amerikaanse toeristen gingen aan boord via de brede loopplank. Sommigen hadden hun handen vol plastic tasjes van winkels uit het naburige winkelcentrum.

'Dat kunnen wij ook wel een keer doen: een cruise.'

Amber keek opzij om te zien of Bart een grapje maakte, maar niets in zijn gezichtsuitdrukking duidde daarop. 'Serieus?' vroeg ze daarom.

'Waarom niet? Met een kind is het echt heerlijk, volgens mij. Je vaart 's nachts, dus geen gedoe met lange reistijd overdag en je ziet lekker veel plekken in een paar weken tijd. En volgens mij is het aan boord een soort pretpark.'

'Hm.' Amber keek naar de deelnemers aan de cruise, voornamelijk senioren. 'We zien wel', zei ze toen. 'Laten we gaan eten.'

Ze liepen verder tot ze bij restaurant Gouverneur kwamen, dat een stukje verderop aan de kade was gelegen. Eerder hadden ze hier al geluncht en ze hadden gehoord dat het er 's avonds erg leuk was. Niet alleen vanwege het lekkere eten, maar ook omdat je vanaf het balkon een mooi uitzicht had over de Sint Annabaai met de vele voorbijvarende schepen. Helaas werd dat uitzicht nu grotendeels geblokkeerd door het cruiseschip, maar dat mocht de pret niet drukken.

Ze kregen een tafeltje op het balkon toegewezen en installeerden zich. Levi verzette zich hevig toen hij in een kinderstoel werd getild, maar liet zich daarna gelukkig afleiden met een kleurplaat. Een jonge Nederlandse serveerster kwam hun bestelling opnemen. Amber vroeg om een glas witte wijn en ook de anderen deden hun bestelling. Het meisje krabbelde alles op een blokje en liep daarna naar de bar. Amber keek om zich heen. Het was druk, zowel op het balkon als binnen waren vrijwel alle tafeltjes bezet. De bediening liep af en aan. Ze zag borden voorbijkomen met grote maaltijdsalades, die er erg goed uitzagen.

'Ik neem er zo eentje', zei Amber met een handgebaar naar zo'n bord, dat op de tafel naast die van hen werd neergezet. Ze sloeg de kaart open om te kijken wat voor soorten er waren, maakte vrijwel meteen haar keuze en stond toen op om naar het toilet te gaan.

Het kostte moeite om zich een weg te banen langs de andere tafeltjes, maar uiteindelijk slaagde ze erin. Ze liep naar binnen om aan de bar te gaan vragen waar het toilet was. Er was even niemand van de bediening te zien en terwijl ze wachtte liet ze haar blik door de zaak dwalen.

Ineens kreeg ze het koud. Daar zaten ze, met z'n tweeën, aan een tafeltje net op de rand van het balkon en het binnengedeelte. Een meter of tien van dat van hen. De ene keek haar recht aan. Ze wilde haar blik losmaken, maar moest blijven kijken. Haar hart begon te bonken. Hun blikken haakten in elkaar. Hij keek uitdrukkingloos, maar tegelijkertijd las ze van alles in zijn ogen. Ze huiverde zo hard dat het pijn deed.

Zijn vriend zat tegenover hem. Ze verplaatste haar blik. Allebei hadden ze een glas voor zich. Iets fris. Geen eten.

De andere man had zijn blik op Ambers familie gericht. Het kon toeval zijn, riep een stemmetje in haar hoopvol, maar ze wist ook wel dat dat eigenlijk onzin was.

Ze wendde haar blik af en keek recht in het gezicht van een serveerster. Die keek vragend. Amber realiseerde zich dat het meisje waarschijnlijk een vraag had gesteld, maar die was langs haar heen gegaan. Door het ruisen van haar oren hoorde ze ook niks.

'Het toilet', stamelde ze.

Het meisje keek bevreemd en wees toen. Amber liep weg.

Ze liet koud water over haar polsen lopen en depte haar verhitte gezicht. Ze keek naar zichzelf in de spiegel. Haar wangen waren rood en ze had vlekken in haar nek. Er gingen tientallen vragen door haar hoofd. Wat wilden die twee mannen van hen? Ze zeiden niks, ze zaten daar alleen maar, zoals ze eerder alleen maar hadden gestaan. Misschien moest ze op hen aflopen en het vragen. Ze confronteren. Zeggen dat ze niks wisten van een tas en dat ze hen met rust moesten laten.

Ze wist zelf ook dat dat nu niet ging. Niet met iedereen erbij.

En zelfs al zou ze alleen zijn, dan zou ze het niet durven. Ze wist niet waar de mannen op uit waren, ze wist niet waar ze toe in staat waren. Het enige wat ze wist, was dat het tweetal hier niet zomaar was.

Ze droogde haar handen af aan een stukje papier uit de automaat en verliet de toiletruimte. Expres vermeed ze het om in de richting van de twee mannen te kijken, maar dat hield ze niet vol. Toen ze het uiteindelijk toch deed, zag ze alleen hun halflege glazen. Onbewust bezorgde de aanblik haar een huivering.

# *Hoofdstuk 8*

HET ASFALT LEEK ONDER HAAR VOETEN TE BRANDEN. Zweet liep in straaltjes over haar rug en elke ademteug kwam als hete lucht haar mond uit. Ze nam een slok, maar het water was lauw geworden.

Nog twee kilometer, vertelde de app haar. Ze perste haar lippen op elkaar en zette nog een tandje bij. Haar longen leken net even verder opgerekt te worden dan goed voor ze was.

Amber hield van dit gevoel. De grens opzoeken. Eroverheen. Thuis rende ze met gemak twaalf kilometer, maar in de Curaçaose zon was dat toch andere koek. Ze zat nu op tien en moest alle zeilen bijzetten. Het was al zeker vijfentwintig graden, ook al was het pas acht uur 's ochtends. De luchtvochtigheid was zo hoog dat haar hardloopshirt nat was van het zweet.

Het was lekker om te rennen, om zich te richten op de doffe dreunen van haar voetstappen op het asfalt. Er was geen ruimte in haar hoofd voor muizenissen. Op de been blijven, de ene voet voor de andere, af en toe een slok water, en de rest van haar gedachten werd in beslag genomen door de muziek die uit haar oortjes knalde. De beat van Avicii bepaalde het ritme van haar stappen. Als de muziek versnelde, deden haar voeten dat ook.

Nog anderhalve kilometer, zag ze op het scherm van haar iPhone. Als het goed was, zou ze precies voor het hek van het resort uitkomen. Daar was ze ook begonnen en na exact zes kilometer was ze omgekeerd.

Ze schrok even toen er een zware vrachtwagen voorbijdenderde. Ze liep op het onverharde stuk naast de asfaltweg en het verkeer reed dichter bij de rand dan ze had gedacht. Af en toe week ze met een sprongetje uit. Bart verklaarde haar voor gek dat ze ging hardlopen, had hij gezegd. Niet zozeer vanwege de route langs de doorgaande weg als wel vanwege de warmte, maar daardoor liet Amber zich niet tegenhouden. Ze wilde haar zorgvuldig opgebouwde conditie op peil houden en daarvoor moest je nou eenmaal in beweging komen.

Hardlopen was haar manier van ontspanning, al had ze er net zo vaak een gloeiende hekel aan. Als het regende bijvoorbeeld moest ze al haar motivatie bij elkaar schrapen, maar als ze eenmaal op weg was, had ze nooit spijt. Al was het maar voor het goede gevoel achteraf. Zolang ze twee keer per week liep, kon ze in principe eten waar ze zin in had zonder aan te komen. Sloeg ze over, dan merkte ze dat meteen aan haar broeken. Zeker op vakantie ging het dan snel. Gisteravond, nadat ze had gedoucht na de middag op het strand, had ze vastgesteld dat haar favoriete zwarte jurkje strakker om haar buik spande dan ze wilde. Vastbesloten had ze haar wekker gezet om voor zevenen, als de warmte nog enigszins acceptabel was, te gaan rennen.

Automatisch gleden haar gedachten terug naar de avond ervoor. De twee mannen bij Gouverneur. Toen ze weer aan tafel had plaatsgenomen, had niemand iets aan haar gemerkt. Een paar keer had Amber naar Sophie gekeken, maar toen ze uiteindelijk de blik van haar schoonzusje had gevangen, wist ze niet hoe ze het haar duidelijk moest maken. Het had moeten wachten tot ze thuis waren en ze de kinderen in bed hadden gestopt. Amber had Sophie apart genomen, Sophie was duidelijk geschrokken. Ze hadden allerlei verklaringen bedacht voor de aanwezigheid van de mannen, maar niet één ervan sneed hout. Het waren vooral verklaringen vol hoop dat het tweetal niet voor hen kwam, maar ze waren niet zo naïef te denken dat dat de waarheid was. Uiteindelijk hadden ze zich met een onbestemd gevoel bij de rest gevoegd. Gelukkig had niemand iets aan hen gemerkt, al waren ze allebei wat stil geweest.

Ze reikte naar de klep van haar petje en trok die iets lager als bescherming tegen het zonlicht. Ze drukte de dopjes van haar koptelefoon iets beter in haar oren. Nog één kilometer, zei een opgenomen vrouwenstem, die door de muziek heen kwam en daarna wat tijden oplepelde. Amber sloot even haar ogen. Bijna zes minuten per kilometer, zo slecht had ze in geen maanden gelopen. Ze had het gevoel dat haar hoofd uit elkaar knalde, zo warm was het. Ze had vast een kop als een tomaat. Straks maar onder een ijskoude douche.

Nu het einde van haar route naderde, had ze amper energie om aan iets anders te denken dan haar voeten die ze voor elkaar moest zetten.

Toch kwam er nog een herinnering aan gisteravond terug. Vlak voor ze naar bed wilde gaan, had Sophie haar opnieuw apart genomen. Ze was een beetje hyper geweest.

'Ik herinner me iets', had ze gezegd, haar wangen rood van opwinding. 'Ik weet weer dat ik met Franklin op het strand was. Die mannen waren er ook, ze stonden van een afstandje toe te kijken.'

Ambers hartslag was meteen omhooggesprongen. 'En toen?' had ze gevraagd.

'Toen stond hij heel dicht bij mij, maar ik wilde dat niet.' Sophie had er een beetje opgelucht uitgezien. 'Ik herinnerde me ineens dat ik een stap achteruit heb gedaan. Ik wilde alleen maar dansen. Dus toen ben ik naar binnen gegaan.' Ze had Amber aangekeken. 'Ik heb niks met hem gedaan, dat weet ik nu zeker.'

'Dat is fijn.' Amber had geknikt en geglimlacht, en daarna gevraagd: 'Had je je tas toen nog?'

'Dat weet ik niet meer', had Sophie geantwoord. 'De herinnering is te vaag. Het enige wat ik nog weet is dat ik weer de dansvloer op ben gegaan. Daarna heb ik Franklin niet meer gezien.'

'Weet je dat zeker?' had Amber gevraagd.

'Ja. Voor zover je ooit iets zeker kunt weten als je zo dronken bent.'

Amber wist eigenlijk niet zo goed wat ze met deze informatie moest. Het was fijn voor Sophie dat ze nu zeker wist dat ze niks met Franklin had gedaan. Het zou Amber ook echt hebben verbaasd als dat wel zo was. Alcohol kon misschien vreemde dingen doen, maar vreemdgaan zou nooit in Sophie opkomen en daar konden een paar cocktails niks aan veranderen.

Toen ze in bed lag had ze er nog een tijd over nagedacht, maar eigenlijk kon Amber niet zoveel met Sophies nieuwe herinnering. Pas als Sophie iets terugkreeg dat te maken had met een tas, van haarzelf of een andere, hadden ze er iets aan. Amber begon hoe langer hoe meer de hoop te verliezen dat dat zou gebeuren.

Ze keek op haar telefoon. Zevenhonderdvijftig meter, zevenhonderd. De wetenschap dat de finish in zicht was, maakte dat ze makkelijker versnelde. Haar gehijg werd dieper, de steken in haar longen intenser. Ze probeerde een sprint in te zetten, maar haar hele lijf protesteerde. In de verte kwam het bord van het resort in zicht. Ze zette de muziek nog wat harder. Nog driehonderd meter, nog tweehonderdvijftig.

Precies voor de ingang kwam de vrouwenstem weer door de muziek om haar te feliciteren met haar prestatie. Amber stopte de app, die vervolgens haar route en tijden toonde en uitrekende hoeveel kilometer ze de afgelopen maand had gelopen. Ze deed haar oortjes uit, nam een paar slokken en opende het kleine hek voor voetgangers met de sleutel. De stoel van de bewaker was leeg, die zat er maar tot zeven uur.

Ze wandelde terug naar het huis, terwijl ze haar bidon leegdronk. Haar petje had ze afgezet en de wind bracht een beetje verkoeling voor haar verhitte hoofd. In het gemeenschappelijke zwembad was iemand baantjes aan het trekken, een oudere man met een belachelijke roze badmuts. Amber knikte hem toe toen ze voorbijliep.

Het was nog stil in huis. Van boven hoorde ze wel gelach van de kinderen. Waarschijnlijk waren Robin en Levi aan het donderjagen op de slaapkamer. Ergens in huis stond een douche aan. Amber liep naar de koelkast en vulde haar bidon met fris water. Gulzig nam ze een paar grote slokken.

'Amber.'

Iets in de stem van Sophie maakte dat ze zich meteen omdraaide. Haar schoonzus stond achter haar, gekleed in een roze topje en een korte pyjamabroek. Haar haar zat in een slordige knot. Ze keek uiterst gealarmeerd.

Ambers hand met daarin haar bidon bleef halverwege de beweging zweven. 'Wat is er?'

'Ik weet het ineens weer.' Sophies stem klonk dun, en beverig.

'Wat?' Amber deed een stap naar voren. 'Wat weet je weer?'

Sophie fluisterde bijna toen ze zei: 'Er was een tas.'

Amber voelde zich alsof ze een dreun had gehad. Ze trilde na, knipperde en probeerde zich te herpakken, maar dat lukte niet. Ze deed twee stappen naar achteren en leunde tegen het aanrecht. Het blad hield ze vast, als om grip te krijgen. 'Hoe bedoel je?' vroeg ze, maar ze was niet uit op een antwoord omdat ze dat eigenlijk al wist.

'Ineens herinnerde ik het me weer.' Sophie gebaarde naar de bijkeuken, de richting van waaruit ze was gekomen. 'Ik deed was in de machine en morste waspoeder op de plavuizen en toen ineens...' Ze vouwde haar handen als een dakje over haar neus en schudde haar hoofd. 'Toen kwam ineens dat beeld terug en...'

'Wacht even.' Amber kneep haar ogen samen. Ze richtte zich op en omklemde haar bidon met één hand. De andere hield ze in de lucht, half wijzend naar Sophie. 'Welk beeld kwam terug?'

'Van poeder', antwoordde Sophie. Ze leek zelf nog verdwaasd door haar eigen herinnering. 'Er waren tegels, of plavuizen, en daar viel poeder bovenop.'

'Waar?' Amber werd ongeduldig. Ze had zin om Sophie door elkaar te schudden om antwoord te krijgen. 'Waar waren tegels? En wat voor poeder?'

'Ik weet het niet', antwoordde Sophie met een hoge stem. 'Het was een flits, meer niet. Maar ineens zag ik mijn tas voor me en dat daar poeder uit viel, op een vloer van tegels. Ik raakte in paniek, dat weet ik ook nog. Ik wilde van mijn tas af.'

'Wat heb je ermee gedaan?'

Sophie schudde haar hoofd en knipperde onophoudelijk. 'Ik doe mijn best, maar ik kan me dat echt niet herinneren. Ik weet het gewoon niet meer. Alles is vaag, weg. Af en toe komt er een stukje terug, maar dat zijn losse beelden.'

Amber haalde diep en trillend adem. Ze probeerde de informatie te verwerken, maar wist niet goed hoe ze die moest plaatsen. 'Poeder...' zei ze hardop, nadenkend, alsof ze door het uitspreken van dat woord er een duidelijke betekenis aan kon geven. Een juiste betekenis. Of eigenlijk: een logische verklaring, die beter was dan hetgeen er meteen in haar hoofd opkwam.

'Ja', antwoordde Sophie. Ze keek ongelukkig. Haar lip trilde. Ze beet erop alsof ze op die manier iets binnen kon houden wat een uitweg zocht.

Het lukte niet. Het volgende moment begon ze te huilen. 'Shit Amber', zei ze snikkend. 'Ik geloof dat ik in de problemen zit.'

Amber sloot haar ogen en dwong zichzelf om na te denken. Ze wilde geen overhaaste conclusies trekken, gebaseerd op vage herinneringen en de overdaad aan misdaadseries dat ze in haar leven had gezien.

Ja, natuurlijk kon die poeder drugs zijn. Ze was niet zo naïef om te denken dat iemand wasmiddel meenam naar een feestje. Maar ergens klopte het verhaal niet. Sophie had geen drugs in haar tas gehad, dus de tas die ze zich nu herinnerde kon niet van haarzelf zijn. Misschien was haar tas verwisseld met die van iemand anders die erop leek? Het was een heel doorsnee, cognackleurige handtas. Zeker in het halfdonker was het niet denkbeeldig dat iemand die niet goed had gekeken, de verkeerde had meegenomen. Daardoor was Sophie misschien wel opgescheept met de tas van iemand anders. Misschien had diegene net drugs gekocht. Het zou Amber niet verbazen dat op een dergelijk feestje wat te krijgen was. Sterker nog, misschien had Franklin zelf wel gedeald, of een van die twee mannen.

'Het moet een misverstand zijn', zei Amber. 'Blijkbaar zaten er drugs in een tas die op de jouwe leek en heb jij die per ongeluk in je handen gehad. Daarom denken ze nu dat jij die tas achterover hebt gedrukt.'

'Maar hoe ga ik duidelijk maken dat dat niet zo is? Ik denk dat ze mij niet zomaar op m'n woord gaan geloven.'

Daar had ze gelijk in. Amber nam nog een slok water en dacht na. 'Kun je je echt niet meer herinneren? Iets heel kleins? Alles kan van belang zijn.'

'Nee.' Met gesloten ogen schudde Sophie haar hoofd. 'Ik herinner me alleen dat ik heel erg schrok en dacht: ik moet van die tas af.'

'Heb je hem niet aan Franklin gegeven?'

Sophie kneep haar ogen samen en schudde langzaam haar hoofd. 'Nee, volgens mij was hij toen al weg.' Ze beet op haar lip. 'Althans, dat denk ik.'

'Hoe laat was dat dan?'

Sophie haalde diep adem. 'Dat weet ik niet.'

'Heb je hem laten staan?'

'Dat weet ik ook niet.' Sophie keek ongelukkig. 'Ik weet eigenlijk ook niet of ik hem wel aan iemand heb gegeven. Ik herinner het me in elk geval niet.'

Amber haalde diep adem en dacht nog even na, maar liet uiteindelijk haar adem ontsnappen. Ze schudde een beetje met haar hoofd. 'Hier komen we niet verder mee.' Ze zette zich af tegen het aanrecht. 'Als er iemand belt, moet je gewoon zeggen dat je niet weet wat er met die tas is gebeurd, maar dat jij hem in elk geval niet hebt. Misschien kunnen ze in de buurt van het feest gaan zoeken.'

Sophie keek zorgelijk. 'Zo simpel ligt het vast niet. Straks komen ze hier langs.' Haar stem piepte een beetje. 'Of nog erger.'

Amber beet op haar onderlip. Ze wist niet goed wat ze moest zeggen. Uiteindelijk schudde ze haar hoofd. 'Ik weet niet zo goed wat we er nu aan moeten doen. Misschien moeten we maar gewoon hopen dat ze niet meer bellen. Wie weet is die tas allang gevonden. Dat zouden ze ons vast niet even komen vertellen.'

Ze hoorde zelf ook wel hoe naïef ze klonk, maar ze wist niet wat ze anders moest zeggen. 'Ik ga douchen.'

Ze wachtte Sophies antwoord niet af en liep naar de trap. Even later stapte ze onder de douche. Ze haalde diep adem en hoopte met het zweet ook de angst die haar niet wilde loslaten van zich af te spoelen, maar dat lukte niet.

'Mama! Mama, kijk!' Robins stem sloeg over van enthousiasme. Ze sprong op en neer en bleef maar wijzen. 'Kijk dan, mam! Een dolfijn!'

'Ik zie het, lieverd.' Lachend woelde Amber door Robins blonde krullen. 'Mooi hè?'

'Mag ik ook in het water?' Haar dochter keek haar smekend aan. 'Die mensen mogen de dolfijnen allemaal aaien. Dat wil ik ook.'

'Het is ook leuk om er alleen naar te kijken, schat.'

'Ah toe, mama?' Robin zette nog een tandje bij. 'Mag ik ook dolfijnen aaien?'

'Nee, lieverd.' Amber schudde haar hoofd.

'Maar waarom niet? Die mensen...'

'Robin, kijk!' Annemieke liep voorbij en wees haar nichtje op een grote dolfijn die uit het water sprong en daarna weer sierlijk onder het oppervlak verdween.

'Wauw!' riep Robin.

'Kom mee, dan gaan we nog wat dichterbij kijken.'

En weg was Robin, haar hand in die van Annemieke geklemd. Amber wisselde een blik met Bart. Ze kende niemand die zo snel was afgeleid als hun dochter. En gelukkig maar, in dit geval.

Amber wist hoe gefascineerd Robin was door dolfijnen. Ze gunde haar dochter echt wel de ervaring van zwemmen met haar lievelingsdieren, ze voelde er alleen niet voor om een aanzienlijk bedrag neer te tellen voor een kwartiertje in het water. Kinderen mochten niet alleen, had ze op internet gelezen. En voor volwassenen was de prijs natuurlijk twee keer zo hoog.

Ze keek naar het groepje dat in het water bezig was een dolfijn te aaien. Eigenlijk was ze helemaal geen voorstander van toeristisch vermaak waar dieren in gevangenschap bij betrokken waren. Niet dat dat nou zo'n sterk principe was, want als het gratis was geweest had ze Robin ook het water in laten gaan. Maar ergens voelde het tegennatuurlijk dat een dolfijn zich braaf omdraaide zodat een groepje toeristen over z'n buik kon aaien, en dat iedere dag van het jaar.

Ze leunde tegen het muurtje en keek toe hoe de dolfijn verder zwom. Hij sprong door de lucht. Het publiek klapte, net als de mensen in het water. Boven alles uit hoorde ze Robins enthousiaste gelach. Amber draaide zich om en zag het tweetal iets verderop staan. Sophie was er ook bij, met Levi op haar heup. Het jongetje probeerde zich de hele tijd los te wurmen, maar Sophie hield hem vast. Hij wilde ook al niet in de wagen zitten. Op de parkeerplaats had hij een hele scène geschopt toen Sophie hem vast wilde gespen, eenmaal binnen had hij steeds geprobeerd om weg te lopen. Herman en Ineke renden de hele tijd achter hem aan en waren er helemaal verhit van.

'Amber.'

Ze voelde een hand op haar schouder. Onwillekeurig schrok ze. Bart merkte het en grijnsde. 'Slecht geweten?'

Ze draaide zich naar hem om zonder antwoord te geven. In plaats daarvan herschikte ze haar zonnebril en haalde haar hand door haar haar. Uiteindelijk lachte ze. 'Je hebt geen idee.'

'Eerlijk gezegd heb ik het hier wel gezien', zei Bart, terwijl hij om zich heen keek.

Amber knikte. Voor haar gold hetzelfde. Ze waren al de hele ochtend in het Sea Aquarium en ze had nu wel genoeg vissen, roggen en dolfijnen bewonderd.

'Zullen we zo naar het strand gaan? Ik kan wel een verkoelende duik gebruiken.'

Amber knikte. 'Graag.'

Ze liepen naar de rest van de familie, een eindje verderop.

Sophie had Levi eindelijk in de buggy gekregen, waar hij foto's zat te kijken op haar telefoon.

'Ik heb zin om te zwemmen', zei Annemieke, toen Bart en Amber aan kwamen lopen.

'Ik ook.' Dat was Robin, die Annemiekes hand vasthield. 'En ik heb honger.'

'Trek', verbeterde Amber automatisch.

'Zullen we patat eten?'

'Wat dacht je van een broodje?'

Amber schoof haar bord van zich af en leunde achterover. 'Wat een lekkere salade. Ik zit hartstikke vol.'

'Deze burger is ook prima.' Bart wees op zijn bord en nam daarna een slok van zijn bier. Het was twee uur 's middags, maar ze zaten allemaal aan de alcohol. Ook Sophie, die eerder had gezworen nooit meer te drinken. Gijs had daar net een paar grappen over gemaakt, Sophie had gelachen als een boer met kiespijn.

Als laatste legde Bart zijn bestek neer. Er kwam een serveerster aan, ze vroegen om de rekening. Amber schatte het meisje hooguit zestien. Vast een stagiair, dacht ze. Bart liep met haar mee om met zijn pinpas te betalen. Herman protesteerde een beetje, maar Bart stond erop. Amber had er ook een beter gevoel bij dat Herman en Ineke niet alles betaalden. Het was ongemakkelijk om de hele tijd dankbaar te moeten zijn.

Bart regelde zes strandbedjes en even later installeerden ze zich in de schaduw. Amber trok een ongeduldige Robin haar badpak aan. Levi was in slaap gevallen in de buggy, maar werd wakker toen Sophie hem naast de bedjes parkeerde. Meteen begon hij naar de zee te wijzen.

Even later was iedereen klaar om te zwemmen. Herman en Ineke bleven bij de spullen, de rest liep naar het water. Robin trok aan de hand van Hendrik-Jan. 'Wil je mij tillen?'

Het volgende moment liftte hij haar omhoog in zijn brede armen vol tatoeages. Met het grootste gemak gooide hij haar in de lucht en ving haar weer op. Robin schaterde. Ook Amber schoot in de lach. De afgelopen dagen had Robin er veel werk van gemaakt om Hendrik-Jan om haar vingertje te winden en dat was gelukt. Hij kon duidelijk geen weerstand bieden aan haar smekende ogen.

'Kom mee', zei hij, en zette haar op zijn nek. 'Hou je vast, dan gaan we zwemmen.'

In de branding lagen stenen die pijn deden aan Ambers voeten. Ze wiebelde eroverheen. Hendrik-Jan liep gewoon door alsof hij niks voelde. Toen het dieper werd zwom hij verder, met Robin nog steeds op zijn nek.

'Hier.' Bart had nog even drankjes gehaald en overhandigde Amber een flesje Amstel Bright. Eigenlijk voelde ze het ene glas witte wijn van de lunch al iets te veel, maar ze pakte het bier toch aan. Ze nam een slok, maar op een of andere manier smaakte het haar niet echt. Ze gaf het flesje terug aan Bart en dook onder water. Toen ze weer bovenkwam, prikte het zout in haar ogen, maar het koele water voelde weldadig aan. De zon leek vandaag wel harder te branden dan andere dagen en in de warmte rondlopen in het Sea Aquarium had haar bezweet en met een lichte hoofdpijn achtergelaten. Die voelde ze nu verdwijnen.

Bart gaf haar het flesje weer aan. Ze nam nog een slok. Zwijgend dobberden ze naast elkaar. Hendrik-Jan had Robin nog steeds op zijn nek. Hij zwom nu terug naar het strand en zette haar op het zand. Daarna nam hij Levi op zijn nek, die natuurlijk dezelfde behandeling wilde als zijn nichtje. Onvermoeibaar zwom Hendrik-Jan nog een rondje. Vervolgens stond Robin alweer te trappelen voor haar beurt, maar in plaats daarvan nam Hendrik-Jan de kleintjes mee naar een steiger, waar ze op de rand gingen zitten, hun voeten bungelend boven het water.

'Dat vind ik toch wel heel relaxed aan deze vakantie', zei Amber, terwijl ze een lok nat haar uit haar gezicht streek.

'Hm?' vroeg Bart, zijn gezicht weggedraaid van het strand, zijn blik gericht op een boot die een paar honderd meter verderop voorbijgleed.

'Dat er zoveel mensen zijn om Robin te vermaken. Als we hier met z'n drieën waren, zouden we niet zo samen kunnen zwemmen.'

'Hendrik-Jan is echt leuk met haar, vind je niet?'

'Ja.' Amber grinnikte. 'Hij zwicht de hele tijd voor haar. Dat zou je niet achter hem zoeken.'

'Nee.' Bart richtte zijn blik weer op de boot. Daarna veranderde hij van onderwerp. 'Ik zat te denken: zullen we morgen gaan duiken?'

'Ja.' Amber knikte. 'Goed idee. Ik...' Ze wilde nog iets zeggen, maar plotseling werd haar aandacht afgeleid. Twee mannen liepen het strand op. Ze waren groot en donker, zwarte spijkerbroeken, leren jassen. Die laatste waren gezien het weer behoorlijk misplaatst. Misschien waren het motorrijders. Ze droegen wel laarzen.

Amber volgde het duo met haar blik. Ondanks het water brak het zweet haar uit. Ze zetten een paar stappen en bleven staan bij het begin van het strand, links van de ingang van het restaurant. Ze deden eigenlijk niks. Stonden daar maar. Ze waren te ver weg om hun blik te kunnen zien.

'Hm?' vroeg Bart toen ze haar zin niet afmaakte.

Amber schudde kort haar hoofd. Hij was zijn interesse alweer verloren, staarde in gedachten verzonken naar de boot. Zij hield haar blik strak op het tweetal gericht. Het waren niet de mannen die ze eerder had gezien. Die waren kleiner, en jonger. Amber wilde seinen naar Sophie die met Annemieke aan de waterlijn zat, maar ze wist niet hoe. Ze durfde het water ook niet uit, wilde op geen enkele manier de aandacht op zich vestigen.

Ze voelde een schokje toen de mannen in beweging kwamen. Ze liepen naar het restaurant, het terras op. Amber liet haar adem ontsnappen. Met de lucht verdween ook de angst uit haar lijf. Ervoor in de plaats kwam boosheid. Naar zichzelf gericht, vanwege haar paranoia. Ze was op de Antillen, zo vreemd was het niet dat er twee donkere mannen op het strand stonden. Alsof dat meteen betekende dat ze kwaad in de zin hadden. Amber wilde helemaal niet zo denken, zo bekrompen. Ze nam een slok bier. Eigenlijk moest ze er vandaag nog maar een paar nemen. Dat was misschien niet de beste maar wel de snelste manier om een beetje te ontspannen.

Plotseling was het er weer. Die onrust, die angst. De mannen hadden het terras alweer verlaten en liepen nu opnieuw het strand op. Amber volgde het tweetal met haar blik. Ergens in haar begon een alarm af te gaan, maar er kwam geen geluid. Ze wilde zwemmen, maar leek verstijfd. Ze verroerde zich niet toen ze de mannen op Hendrik-Jan af zag gaan. Hij keek niet op. Pas toen ze vlakbij stonden, richtte hij zijn blik op hen. Robin en Levi zaten naast elkaar, hun voetjes in het water. Ze giechelden. Amber hoorde het lachen van de kinderen, niet de woorden die de mannen met Hendrik-Jan wisselden. Ze zag hun monden bewegen, ook die van Hendrik-Jan. Hij lachte, wees even, lachte nog een keer. Amber slikte keer op keer opnieuw, maar er leek iets in haar keel te blijven steken.

De mannen liepen weg. Een van hen stak zijn hand op, kort. Hendrik-Jan beantwoordde het gebaar. Amber realiseerde zich dat haar mond openstond en sloot hem. Ze beefde, alsof de spanning die ze net had gevoeld op die manier een uitweg zocht.

Het volgende moment voelde ze hoe haar spieren zich weer aanspanden. De mannen gingen niet weg. Ze liepen over het strand. Doelbewust. Herman en Ineke waren een stukje gaan lopen, Sophie zat in haar eentje bij de spullen. Amber hield haar adem in toen de mannen stilhielden bij het strandbedje. Ze zag Sophie schrikken. Snel blikte Amber om zich heen. Gijs en Annemieke zaten aan de waterlijn, hun rug naar Sophie toe. Bart keek ook nog steeds de andere kant op. Ambers hart bonsde luid, haar ademhaling ging stotend. Ze wist niet of ze iets moest zeggen, moest schreeuwen, of ze erheen moest lopen of juist niks moest doen. Automatisch deed ze daardoor het laatste.

Het was een kort gesprek. De mannen liepen door. Sophie zat recht overeind.

'Ik ga op het strand liggen.' Terwijl ze praatte begon ze met grote slagen te zwemmen. Bart reageerde niet. Amber liep over de stenen en vloekte toen een scherpe punt gemeen in haar voet prikte. Gijs en Annemieke keken even op, maar richtten toen hun aandacht weer op elkaar.

'Ze wilden sigaretten.' Sophie klonk half huilend toen ze meteen losbarstte.

'Hoezo?'

'Dat vroegen ze: of ik sigaretten voor ze had.'

'Wat zei je?'

'Nee, natuurlijk. Maar dat was blijkbaar niet het goede antwoord, want die ene keek heel boos. En toen vroeg hij het nog een keer.'

Amber veegde een pluk zout haar uit haar gezicht. 'Sigaretten', herhaalde ze, vooral voor zichzelf.

'Ik rook helemaal niet. Dat zei ik ook.'

Amber maakte een hoofdbeweging, als om een lastige vlieg weg te krijgen. 'Denk je dat ze speciaal voor jou kwamen? Misschien zochten ze echt iets te roken.'

Sophie schudde haar hoofd en keek ongelukkig naar rechts. Amber volgde haar blik en zag het ook. Een meter of twintig verderop lag een jong stel, Amber schatte hen halverwege de twintig. Ze hadden allebei een sigaret tussen hun vingers.

'Geen sigaretten dus', zei Amber. 'Ze stonden ook op de steiger bij de kinderen.'

'Wat?' Sophie keek zo mogelijk nog meer gealarmeerd. 'Wat moesten ze daar?'

'Weet ik niet. Ze hebben even met Hendrik-Jan gepraat. Hij lachte en zij deden dat ook.'

'Wat zeiden ze dan?'

'Kon ik niet verstaan.'

'Ik heb nu echt een raar gevoel', zei Sophie. Ze zag bleek en drukte haar handen tegen haar buik. 'Het maakt me letterlijk misselijk.'

Amber liet zich zakken op een strandbedje. Ze keek haar schoonzus indringend aan. 'Vroegen ze echt alleen om sigaretten?'

'Ja.' Sophie blies haar adem uit en staarde langs Amber heen naar de zee. Toen ze weer begon te praten was het langzaam, nadenkend. 'Er was wel iets...'

'Wat?' Amber boog zich een beetje naar voren. Sophie zweeg weer, Amber wilde de woorden uit haar trekken.

'Toen ik na het feestje wakker werd, deed mijn keel pijn. Het voelde alsof ik schuurpapier had gegeten. Ik heb er toen niet echt op gelet, maar nu ik terugdenk: het voelde alsof ik had gerookt.'

'En nu willen ze hun sigaretten terug of zo?' Het lukte Amber niet om het sarcasme uit haar stem te weren.

'Nee, maar...' Sophie dacht even diep na, maar schudde toen haar hoofd. Haar schouders zakten een beetje, alsof de energie letterlijk uit haar wegvloeide. 'Ik weet het eigenlijk ook niet. Er zit wel iets in mijn hoofd, maar ik kan er net niet bij.'

'Oké.' Amber moest haar best doen om de opkomende irritatie te verbergen.

Sophie kon er vast niks aan doen dat haar geheugen weg was, maar zoals ze daar zat – schouders omlaag, bangige blik, een beetje vragend omdat ze het zelf allemaal niet wist – had Amber het idee dat ze met een klein kind te maken had.

'Kop op', zei ze, een stuk vriendelijker dan ze nu eigenlijk over Sophie dacht. 'Het komt allemaal goed. Je lost het wel op.'

Bij dat 'je' keek Sophie Amber indringend aan. 'Je laat me toch niet in de steek, hè?'

'Natuurlijk niet', beloofde Amber tegen haar zin.

'Wat moet ik nu doen?'

'Die lui vertellen dat je die sigaretten niet meer hebt. Wat die sigaretten ook mogen betekenen.'

'Maar dat heb ik al gedaan.'

'Dan vertel je het ze nog een keer. Hebben ze het nog over een tas gehad?'

'Nee.' Sophie had haar blonde staart tussen haar vingers genomen en friemelde er onophoudelijk aan. Amber keek ernaar, tot ze nerveus werd van het gebaar en haar blik op de zee richtte.

'Jij denkt ook niet dat ze ons zomaar met rust zullen laten, hè?' vroeg Sophie na een tijdje.

Amber schudde haar hoofd. 'En ik denk ook niet dat ze zomaar een praatje met Hendrik-Jan hebben gemaakt terwijl hij daar met de kinderen zat.'

'Denk je dat ze de kinderen...' Sophies stem sloeg over en ze kon haar zin niet afmaken. Ze sloeg haar hand voor haar mond en vocht haar tranen terug.

Amber sloot haar ogen en schudde haar hoofd, maar niet als antwoord op de vraag. 'Ik weet het allemaal niet', zei ze.

'Amber.' Sophie slikte en veegde snel een traan weg. 'Ik wil dit niet meer. Ik word gek. We moeten nu echt naar de politie gaan.'

# *Hoofdstuk 9*

HET WAS PRETTIG OM ALLEEN TE ZIJN. BART WAS MET Gijs en Robin op het terras achtergebleven. Amber wilde even niemand om zich heen. Zes dagen waren ze nu op vakantie en geen moment was ze op zichzelf geweest, waar ze juist zo van hield. De hele dag met elkaar, voortdurend overleggen wat ze gingen doen, nooit een moment niks. Behalve 's nachts maar dan lag ze naast Bart, en Robin sliep ook op hun kamer. Amber verlangde naar hun keukentafel op maandagmorgen, als Bart naar zijn werk was, Robin naar de opvang en zijzelf thuis aan het werk. Als de deuren van het Frans balkon openstonden en er naast frisse lucht ook geluiden van de straat binnendreven die dienden als achtergrond bij haar gedachten. Als ze koffiezette en haar MacBook openklapte en de dag zich lang en licht uitstrekte. Intens kon ze van dat moment houden.

Het waren twee uitersten. De Amber die de stad in wilde, die bij tijd en wijle door moest feesten tot de ochtend om het leven tot in de puntjes van haar tenen te voelen. En de Amber die soms even helemaal niemand om zich heen wilde. Die laatste Amber was ze vandaag.

Hoewel, niemand... In de drukke straatjes van Willemstad was dat een utopie. Maar dat was niet erg. Ze was op zichzelf en dat was haar doel geweest. Ze had gezegd dat ze op internet een leuk kledingwinkeltje had gezien waar ze wilde kijken. De mannen hadden quasi-vermoeid gekreund en Amber had meteen geroepen dat ze alleen zou gaan. Ze was blij dat Sophie en Annemieke in het vakantiehuisje waren achtergebleven, anders hadden die vast mee gewild.

Het was echt zo: ze had op internet gelezen over een winkel. Piepklein maar geweldig, aldus de recensies. Het was al een tijd geleden, en Amber had er niet aan gedacht het adres opnieuw op te zoeken. Het moest ergens in het winkelgebied van Punda zitten, ze vond het misschien zo ook wel. En anders maar niet. Alleen al even rondlopen, dolen door de straten, dat was ook fijn.

Ze bleef staan voor een etalage met armbanden. Brede gouden exemplaren die te lelijk waren om zelfs maar naar te kijken, en een paar zilveren die ze wel mooi vond maar niet mooi genoeg om de winkel binnen te gaan. Haar blik bleef hangen aan een brede leren armband. Donkerbruin was hij en in het leer waren symbolen gekerfd waarvan Amber de betekenis niet kende. Ze dacht aan wat Sophie haar had verteld en slikte even. Daarna liep ze door. Een leren tas. Cognackleurig, gemiddelde grootte, sluiting met een knoop. Er hadden geen sigaretten in gezeten, want

Sophie rookte niet. Misschien was er een tweede tas in het spel waar wel sigaretten in zaten, maar Amber wist zeker dat het daar niet om ging. Dat dat alleen maar een manier was om in een openbare gelegenheid als een strand over de ware inhoud van de tas te kunnen praten. Ze was er inmiddels wel van overtuigd geraakt dat de poeder die volgens Sophie uit de tas was gevallen, heel waardevolle poeder was. En ze was er ook van overtuigd dat het tweetal dat ze gisteren op het strand had gezien, was gestuurd om de tas te komen halen.

Ze hadden op het punt gestaan om naar de politie te gaan. Amber wilde dat ook, het groeide hun boven het hoofd, maar iets had haar tegengehouden. Het gesprekje van de mannen met Hendrik-Jan. Casual, maar de boodschap was duidelijk: de kinderen. Ze had Hendrik-Jan er niet naar gevraagd, al wilde ze niks liever. Maar dan zou ze de nadruk erop leggen. Sophie had gehuild toen Amber haar mening had gegeven, maar ze had die uiteindelijk wel gedeeld. Opnieuw voelde ze paniek opkomen, zoals elke keer als ze eraan dacht wat er allemaal zou kunnen gebeuren. Ze drukte het gevoel weg, al ging dat steeds moeilijker.

Over een paar dagen gingen ze naar huis. Ze kwam er niet uit of Sophie en zij moesten proberen de tijd uit te zitten, of dat ze alles op alles moesten zetten om die tas te vinden. Zouden ze zomaar in het vliegtuig kunnen stappen? Zou het zo makkelijk zijn om te ontsnappen? Of was het tijdstip van hun vlucht de harde deadline voor het terugbezorgen van de tas?

Ze wist het niet. En ze wist ook niet of ze het kon uitvinden door het erop aan te laten komen. Het was een risico waarvan ze de spanwijdte niet kende. En de inzet ook niet. Het probleem was alleen: ze konden moeilijk elke steen op het eiland omkeren om die tas te vinden. Ze wilde niks liever dan hem teruggeven, maar ze stonden met hun rug tegen de muur. Bij die gedachte kreeg ze het fysiek benauwd.

'Hé, ben je er weer.'

Ongemerkt had ze een rondje gelopen, waardoor ze nu weer op hetzelfde terras stond als waar ze was vertrokken.

'Mama!' Robin keek blij. 'Papa zegt dat we gaan zwemmen.'

'Ja.' Bart stond op om de rekening te gaan betalen. 'Ik kan tenminste wel een duik gebruiken, jij niet?'

Amber knikte.

'Hadden ze leuke dingen?'

Ze keek Gijs niet-begrijpend aan bij die vraag. 'Wie?'

'Dat winkeltje.' Er lag lichte verbazing in zijn blik. 'Je wilde er toch per se heen?'

'O ja, dat.' Amber haalde vlug haar schouders op. 'Niet echt', zei ze, met hopelijk iets nonchalants in haar stem, maar Gijs was zijn aandacht al verloren.

Ze staarde naar het scherm, maar zag niets. Ze had gezegd dat ze haar mail moest doen, maar in plaats daarvan zat ze nu alweer een hele tijd nieuwsberichten te lezen. De politie had de dood van Franklin Henriquez nog in onderzoek, was het enige wat er naar buiten was gebracht. Journalisten spraken hun vermoedens uit dat de politie helemaal niet zo hard aan het onderzoek werkte, maar Amber wist niet waar dat op gebaseerd was.

De meeste artikelen bevatten niks anders dan speculaties. Henriquez was vermoord door een rivaliserende drugsbende, Henriquez was vermoord door zijn eigen mensen, Henriquez was vermoord door de echtgenoot van een vrouw met wie hij het bed had gedeeld. De wildste verklaringen deden de ronde. Amber schoot er niks mee op. Ze zuchtte diep en gefrustreerd.

Bart, die op de bank tegenover haar zat, keek haar aan. Er lag iets vragends in zijn blik. 'Wat is er?'

Amber schudde kort haar hoofd. 'Niks', zei ze.

'Echt niet?'

Ze knikte naar haar laptop en verzon snel iets. 'Werk. Ik heb een interview geregeld, maar nu doen die twee broers moeilijk.'

'Hm.' Bart knikte half. 'Irritant.'

Amber nam een slok water en zocht verder. Ze had al eens eerder allemaal oude nieuwsberichten bekeken en deed dat nu weer, maar het had geen zin. Ze bleef maar ronddraaien in hetzelfde cirkeltje. Er misten antwoorden op cruciale vragen. Antwoorden die van Sophie moesten komen. Amber was nu op het punt dat ze bijna hoopte dat er opnieuw iemand zou bellen. Er moest iets gebeuren. Ze wilde uitleggen dat Sophie niet meer wist wat er met die tas was gebeurd, dat ze informatie nodig hadden. Al realiseerde ze zich ook wel dat de kans klein was dat de mannen hun die zouden geven. Maar toch, het was de enige optie die ze kon bedenken.

Ze blies haar adem uit en legde haar handen op tafel.

'Gaat het?' vroeg Bart.

Amber haalde diep adem. Ze was zo diep in gedachten geweest dat ze Barts aanwezigheid was vergeten. Snel bedacht ze iets dat paste bij wat ze eerder had gezegd. 'Ja, maar het irriteert me gewoon. Al die moeite en dan...'

'Dat bedoel ik niet', onderbrak Bart haar. Hij had zijn blik op haar gericht, zijn wenkbrauwen een beetje opgetrokken. Hij keek vragend, onderzoekend.

Amber voelde zich ongemakkelijk onder die blik. 'Wat bedoel je dan?'

'Ik vind je de laatste dagen zo...' Hij liet haar blik niet los terwijl hij nadacht over het juiste woord. Amber slikte en had het ineens warm.

'Zo gespannen', maakte Bart toen zijn zin af.

'Gespannen', herhaalde Amber, omdat ze niet wist wat ze anders moest zeggen. Haar stem klonk een beetje hoger dan anders toen ze zo normaal mogelijk probeerde te doen. 'Nee hoor. We zijn op vakantie, ik voel me juist heel relaxed.'

Bart hield zijn hoofd een beetje schuin. 'Echt waar? Want zo kom je niet over.'

'O, dan zal ik daarop letten.'

Opnieuw keek Bart bevreemd. 'Daar hoef je niet op te letten. Ik vroeg me alleen af of er iets aan de hand is.'

'Nee', zei Amber vlug. 'Niks.' Ze glimlachte nog even en hoopte dat het er oprecht uitzag. Daarna maakte ze een gebaar richting haar laptop. 'Zolang die twee broers van de gehaktballen gewoon doen wat ik wil, ben ik helemaal ontspannen.'

Bart keek haar nog één keer onderzoekend aan, knikte toen kort en richtte zijn aandacht op zijn telefoon. Amber liet haar adem onhoorbaar ontsnappen. Ze voelde aan haar warme wangen. Ze vond het verschrikkelijk om te liegen, maar dat kon niet anders. Ergens was ze verbaasd dat Bart het antwoord slikte, want ze was nooit een goede leugenaar geweest. Al werd ze er tegen haar zin steeds beter in.

Met een ruk stond ze op. Ze wilde even niet in Barts gezelschap zijn. Het voelde niet goed om dingen voor hem verborgen te houden. Bart keek dwars door haar heen. Dat had hij altijd gedaan. Hij liet het onderwerp nu rusten, maar ze wist zeker dat hij haar niet honderd procent geloofde.

'Ik ga op het terras zitten', zei ze. 'Daar is het internet beter.'

Hij knikte zonder op te kijken. Amber stak over van de palapa achter in de tuin naar het terras bij het huis. Sophie zat er ook, Annemieke lag in het zwembad. Robin was binnen. Haar vrolijke lach rolde door de tuindeuren naar buiten, gevolgd door opgewekt gekwebbel van Levi.

Amber zette haar laptop op tafel en klapte hem open. Ze begon toch maar aan een mail naar de twee broers, al wist ze al dat ze die niet zou versturen. Alles om haar gedachten af te leiden was welkom en eerlijk gezegd was typen ook een alibi om even niet te hoeven praten.

Helaas ging dat laatste niet op. 'Franklin is begraven', zei Sophie zacht. 'Ik las het op internet.'

Amber haalde kort haar schouders op. Ze had het ook gelezen.

'Er was heel veel politie bij. Ze hadden gehoopt dat ze iets te weten zouden komen over de daders, maar dat is niet gebeurd. Er zijn al kranten die schrijven dat de moord nooit opgelost zal worden. Dat betekent dat iedereen die ermee te maken heeft, vrij rond blijft lopen.'

Amber knikte langzaam. 'De aandacht ervoor wordt al minder, volgens mij.'

'Van de politie, ja. En van de media.' Sophie kneep haar ogen samen. 'Hopelijk ook van de mensen die ermee te maken hebben, maar dat denk ik niet.'

Amber knikte, maar hield haar blik op de laptop gericht, alsof ze nog aan het werk was. Daar liet Sophie zich echter niet door tegenhouden. Ze praatte gewoon door. 'Ik denk dat ze elk moment weer van zich zullen laten horen. Het is al twee dagen geleden.'

Amber stond op. 'Iets drinken?'

Sophie knipperde wat verbaasd. 'Nee,' zei ze toen, 'dank je.'

Amber ging ook weer zitten. Sophie keek peinzend. 'Ik blijf maar vastlopen in mijn gedachten. Ik probeer me de hele tijd te herinneren hoe het begon. Of ik mijn tas uit het oog ben verloren.'

'En?'

'Dat weet ik dus niet meer.'

Sophie sloot haar ogen en bleef zo zitten. Lang, wel een halve minuut. 'Er komt wel de hele tijd iets terug', zei ze toen. Ze hield haar handen iets in de lucht, haar ogen nog steeds dicht, als een soort televisiemedium dat ineens contact kreeg met de overleden oma van iemand uit het publiek.

'Het handvat brak', zei Sophie toen. 'Dat herinner ik me. Of het schoot uit mijn hand, dat kan ook. In elk geval viel die poeder er toen uit. En...' Ze schudde haar hoofd, dacht na en schudde toen nog een keer. 'Dat is eigenlijk alles wat ik nog weet.'

Amber knikte, maar gaf geen antwoord. Ze wilde niet praten. Het leek toch allemaal zo zinloos.

Ze stond op. 'Ik ga toch iets te drinken pakken.'

Zonder op antwoord te wachten liep ze naar binnen. Ze opende de koelkast, schonk een glas sap in en bleef even staan om naar de kleintjes te kijken. Robin en Levi zaten op hun knietjes op de grond en deden een ingewikkeld uitziend spel met blokken en twee barbies. Robin had duidelijk de leiding, Levi deed braaf wat hem werd gevraagd.

Toen ze weer buitenkwam, was Sophie van het terras naar een van de ligstoelen naast het zwembad verhuisd. Ze had haar ogen gesloten.

Amber ging verder op haar laptop. Ze liet haar mail rusten, maar opende Facebook. Een aanzienlijk deel van haar vrienden klaagde over het weer, sommigen hadden er grijze, regenachtige foto's bij gezet.

Amber scrolde een tijdje door de posts. Hier en daar klikte ze een link of een grappig filmpje aan. Daarna surfte ze naar Nu.nl en keek naar het nieuws, maar er was niets dat haar aandacht echt trok. Ze staarde over het scherm van haar laptop heen naar het zwembad, dat glinsterde in de zon. Annemieke en Sophie leken allebei in slaap gevallen te zijn.

Amber stond op en liep naar de slaapkamer om haar bikini aan te trekken. Toen ze terugkwam, was Sophie wakker. Ze stond op het terras en had een vreemde blik in haar ogen.

'Ik weet het weer', zei ze op gedempte, maar opgewonden toon.

'Wat?'

'De poeder. Ik viel bijna in slaap en toen zag ik het ineens weer voor me. Het zat in een zakje, dat openging toen het uit mijn tas viel. Daarna keek ik in de tas, maar ik zag geen zakjes. Dat vond ik raar, dus keek ik verder. En toen zag ik ze in de voering zitten. Het waren er best veel. Ik denk wel dertig. Ik herinner me ineens ook hoe vreemd ik het vond dat er zoveel in de voering van de tas bleek te passen.'

Amber stond kaarsrecht, helemaal gespannen. 'Waren die zakjes allemaal gevuld?'

'Ja.' Sophie knikte ineens heel zeker. 'Dat waren natuurlijk drugs. Althans, ik denk dat het cocaïne was, want het was poederig en wit. Of bestaat er ook poeder voor xtc?'

Amber schudde haar hoofd. 'Ik denk ook dat het cocaïne was.' Ze zweeg even. 'Wat gebeurde er toen?'

Sophie sloot even haar ogen, maar opende ze weer. 'Toen was ik dus in paniek en wilde ik eraf.'

Amber frunnikte onophoudelijk aan het bandje van haar bikini. Ze zei niks, om Sophie niet af te leiden. Sophie perste haar lippen op elkaar. Ze kneep haar ogen dicht, maar die schoten meteen weer open. 'Ik heb de poeder op de plavuizen bij elkaar geveegd, maar kon het niet terugstoppen in het zakje, bedenk ik nu ineens. Dat was gescheurd. Toen stond ik ermee in mijn hand. Ik weet niet wat ik heb gedaan. Misschien in het toilet gegooid. En toen ben ik weggegaan.'

Amber slikte. 'Misschien herinner je je meer als je weer op die plek bent.'

'Hoe bedoel je?'

Amber haalde diep adem. 'We moeten erheen', zei ze.

Sophie keek op. 'Naar Wet & Wild?'

'Ja. Als je die plavuizen ziet, komen je herinneringen misschien wel terug. Toen je de waspoeder zag, wist je immers ook ineens weer dingen.'

'Maar wat moeten we zeggen dan? Hallo, we zoeken wat plavuizen, en eigenlijk ook een tas?'

'We zeggen natuurlijk niks.' Amber maakte een hoofdbeweging. 'We gaan erheen en kijken een beetje rond, tot jij je iets herinnert.'

'Oké.' Sophie knikte langzaam. 'Je hebt gelijk.'

Amber viste met haar voeten haar slippers onder de tafel vandaan. 'Als we nu gaan, zijn we op tijd terug voor het eten.'

'Nu meteen?' Sophie keek verontrust.

Amber haalde kort haar schouders op. 'Kan toch? Hoe eerder we dit hebben opgehelderd, hoe beter.'

'Maar ik dacht... We kunnen toch ook morgen gaan?'

'We gaan nu', zei Amber afgemeten. Ze wachtte niet op antwoord, maar liep terug naar de palapa. Sophie volgde haar.

'Ik wil hem toch hebben', zei Amber, toen ze stilhield. Bart had gezelschap gekregen van Gijs. Allebei zaten ze met hun telefoons te spelen, ze keken op toen Amber praatte. Bart trok zijn wenkbrauwen op. 'Wat wil je hebben?'

'Dat shirt dat ik vanmiddag heb gezien. Dat roze.'

Bart glimlachte een beetje vermoeid. 'Vrouwen en kleding...' zei hij met een blik van verstandhouding tegen Gijs, wat Amber eigenlijk een beetje overdreven vond, want normaal was ze helemaal niet zo. Maar dat zei ze niet. In plaats daarvan glimlachte ze wat. 'Er was er nog maar één en ik ben bang dat het morgen uitverkocht is. Sophie en ik rijden er meteen even heen.'

'Ja, ik wil ook wel even kijken', vulde haar schoonzusje aan. 'Amber zegt dat het een leuke winkel is.'

'Ze hadden ook heel veel wat jij mooi vindt.' Amber knikte wat en hoopte dat hun overduidelijke toneelstukje geen vragen zou oproepen. Bart en Gijs zaten echter alweer met een half oog naar hun telefoons te kijken.

'Nou, tot zo dan', zei Bart.

'Let jij op Levi?' vroeg Sophie nog een beetje bezorgd aan haar man.

Gijs keek op en knikte. 'Dat komt wel goed. Ga nou maar.'

Even later zaten ze in de auto, Amber achter het stuur. Geen van beiden zei iets. Amber reed harder dan toegestaan, maar ze had het amper door. Pas toen de spieren in haar gezicht pijn gingen doen, merkte ze dat ze haar kaken gespannen op elkaar hield. Verbeten, zelfs. Haar knokkels waren wit door knijpen in het stuur.

Bijna miste ze de afslag. Op het laatste moment remde ze en gooide woest haar stuur naar links. Sophie greep de deur vast. 'Kijk uit', riep ze, maar de woorden gingen verloren in het getoeter van de auto achter haar. Er piepten remmen, Amber wist niet of het die van haar waren. Ze gaf een dot gas en de auto schoot naar voren. 'Jezus', zei Sophie, maar Amber reageerde niet.

Het was druk op de parkeerplaats. Eind van de middag, happy hour. Amber wurmde de auto tussen twee busjes. Met moeite kropen ze eruit. Ze liepen naar binnen, voorbij de bar, rechtstreeks naar de toiletten. Twee vrouwen kwamen net naar buiten. Giechelend, bijna hinnikend. Amber glipte naar binnen, Sophie volgde. Gelukkig was er niemand.

'Is het deze vloer?' vroeg Amber. Gewone tegels, wit, dertien in een dozijn. Sophie bestudeerde ze, sloot haar ogen en keek opnieuw. 'Ja', zei ze toen langzaam. 'Ja, volgens mij wel.'

Een soort vreemde energie bekroop Amber. Alsof ze ineens mijlen gevorderd waren, al was dat helemaal niet zo. Feitelijk wisten ze nog niks, behalve dan dat Sophie hier cocaïne had gemorst, daarvan was Amber wel overtuigd, en daarna had besloten dat ze van de tas af moest. Ergens tussen de toiletten van Wet & Wild en het strandbedje dat misschien vijftig meter verderop stond, was ze die tas kwijtgeraakt.

'Denk goed na.' Ze keek Sophie aan, streng, bijna hypnotiserend. 'Heb je hem zelf weggegooid of heb je hem aan iemand gegeven?'

'Zelf weggegooid.'

'Weet je dat zeker?'

'Nee, maar ik herinner me in elk geval niet dat ik hem aan iemand heb gegeven.' Ze wreef over een blauwe plek op haar arm. 'Volgens mij heb ik me gestoten toen ik de deur uit liep. Ik herinner me pijn en ook dat ik in paniek was.'

Amber had zin om met haar ogen te rollen. Wat deed dat er nou toe?

'Kom mee', zei ze, en verliet de toiletten. Even bleef ze staan. Ze probeerde logisch na te denken, al realiseerde ze zich dat Sophie dat op dat moment juist niet had gedaan.

'Misschien ben ik wel naar buiten gegaan', zei Sophie aarzelend. 'Ik herinner me iets van donker.'

Ze liepen het strand op. Happy hour was in volle gang, maar Amber vermeed de drukte. In plaats daarvan ging ze in de richting van de strandbedden, waar het juist steeds rustiger werd. Her en der waren nog bedjes bezet, de meeste waren al leeg. Sommige stonden scheef.

Amber bleef staan en zette haar hand als een afdakje boven haar ogen tegen het late zonlicht. Sophie stond naast haar. Even bleven ze zo staan, stil, als twee toeristen die genoten van het uitzicht. Toen begon Sophie te praten. Langzaam en nadenkend. 'Ik heb de hele tijd een soort flard in mijn hoofd. Ik zie zand en mijn eigen voeten. Ik stoot me ergens aan en ik val bijna.'

'Ja?' Amber wachtte op de clou, maar die kwam niet.

'Dat was het.'

'Hm', antwoordde Amber neutraal.

'Volgens mij heb ik geen tas in mijn hand', ging Sophie verder, in de tegenwoordige tijd, alsof ze de gebeurtenis in haar hoofd beleefde. 'Want ik land half op een stoel. Misschien zo'n strandbedje als dit. En dan zet ik me af en loop verder, voor zover dat gaat.'

Amber wilde iets zeggen, maar Sophie stak haar hand in de lucht. 'Waar het om gaat: het was licht.'

'Ja, dus?'

'Bij die tas was het donker.'

Amber kneep haar ogen samen en liet Sophie uitpraten.

'Ik ben de tas dus verloren, al dan niet door mijn eigen toedoen, voordat het licht werd.'

'Ik snap niet...'

'Wacht.' Sophie schudde haar hoofd. 'Misschien weet ik iets. Ik ben buiten, het is donker. Maar er is een lamp. Iets fels.' Ze begon steeds sneller te praten. 'Ik hoor stemmen, mannenstemmen, volgens mij. Ik weet niet wat ze zeggen, maar ik ben geloof ik wel heel bang. Die stemmen...' Ze slikte. 'Die stemmen...'

'Wat is er met die stemmen?' vroeg Amber ongeduldig.

'Ik weet het niet, maar ik weet wel dat ik niet wil dat ze dichterbij komen. Ik wil er niks mee te maken hebben.' Ze rimpelde haar neus terwijl ze nadacht. 'Wat er daarna gebeurt weet ik niet, maar als het licht wordt, heb ik die tas in elk geval niet meer.'

Amber trok haar wenkbrauwen op. 'Ik vind dit lastig te plaatsen.'

'Ik ook.' Sophie keek gefrustreerd. 'Ik heb de hele tijd het gevoel dat ik net naast iets belangrijks grijp. De herinneringen zijn allemaal flarden, maar ik mis de verbindende factor.'

Amber schudde haar hoofd. 'Ik denk dat dit niet gaat werken. We moeten ons eigen logische verstand gebruiken. Als ik een tas met coke in mijn handen gedrukt krijg...'

'Sst', zei Sophie gealarmeerd. Ze keek om zich heen. 'Niet zo hard.'

Er stond niemand binnen gehoorafstand, maar toch verlaagde Amber haar stemgeluid. 'Als ik een tas met coke in mijn handen gedrukt krijg, zou ik die teruggeven aan de eigenaar en hem vertellen dat ik er niks mee te maken wil hebben.'

'Oké, maar het leek mijn eigen tas te zijn.'

'Ja.' Amber knikte nadenkend. 'Maar dat kan toch eigenlijk niet? Jouw tas moet verwisseld zijn met die van iemand anders.'

'Oké, maar stel dat ik die tas niet heb teruggegeven aan wie dan ook...' Sophie haalde kort haar schouders op. 'Ik bedoel: als ik dat wel had gedaan, zouden ze niet achter me aan zijn gekomen.'

'Stel dat je dat niet hebt gedaan...' herhaalde Amber nadenkend. 'Dan zou ik, als ik jou was, van die tas af willen voordat iemand weet dat ik hem heb. Amber dacht na. Ze probeerde zichzelf voor te stellen: dronken en in paniek. Ze dacht aan wat ze ooit had gelezen over mensen die in paniek raakten. Er waren drie mogelijke reacties: vechten, vluchten of bevriezen. Die laatste was niet aan de orde, Sophie wist zeker dat ze meteen weg was gelopen. Vechten had ze ook niet gedaan. Dan had ze de tas teruggegeven of was ze op een andere manier de confrontatie aangegaan. Bleef over: vluchten.

In gedachten ging ze terug naar de toiletruimte. Het was een druk feest en Sophie wilde vlug van die tas af. Dan zocht je waarschijnlijk de snelste weg naar buiten.

'Kom mee', zei Amber, terwijl ze weer in de richting van de strandtent begon te lopen.

'Wat?' vroeg Sophie. 'Wat denk je?'

'We moeten de snelste weg vinden van de toiletten naar buiten, naar een plek waar niemand was. Het lijkt me tenminste aannemelijk dat jij dat ook hebt gedaan.' Ergens realiseerde Amber zich hoe bizar de situatie was, maar die gedachte liet ze niet toe. Ze moest nu handelen, logisch nadenken, de controle houden.

Ze ging naar binnen, bleef even staan en liep toen door. Het was druk bij de bar, Amber wurmde zich langs de groep mensen. Vastbesloten liep ze terug naar de toiletten. Ze ging niet naar binnen, maar keek om zich heen. Daarna begon ze weer te lopen. De snelste weg naar buiten. Ze sloeg twee keer rechtsaf. Sophie volgde haar op de voet. Amber keek om. 'Herken je iets?'

Sophie schudde haar hoofd, maar Amber liep door, Sophie in haar kielzog.

Een medewerker keek hen verbaasd aan, maar liet hen begaan.

Er was een deur die uitkwam op een achterplaats. Daar stonden twee vuilcontainers. Het stonk verschrikkelijk en

Amber sloeg haar hand voor haar mond en neus. 'Ben je hier geweest?' vroeg ze gedempt.

Sophie had ook haar hand voor haar gezicht geslagen, maar het antwoord stond in haar ogen te lezen: ze had geen idee.

Er was één container, de deksel open, een bult erop. Er zoemden vliegen omheen. Amber keek ernaar. Ze draaide zich weer om en liep terug.

De eerste medewerker die ze tegenkwam, sprak ze aan. Hij droeg kokskleding. 'Hoe vaak wordt jullie container geleegd?'

De jongen fronste. 'Twee keer per week.'

'Wanneer voor het laatst?'

'Twee dagen geleden, geloof ik. Of drie.' Hij keek haar geringschattend aan. 'Is er een probleem?'

'Nee, niks.' Amber negeerde zijn licht verbaasde blik en beende verder.

Sophie haalde haar in. 'Die container zegt me niks', zei ze met een handgebaar in die richting.

Amber knikte maar gaf geen antwoord. Herinneringen die Sophie niet had, hielpen hen niet verder. Dat betekende niet dat ze er niet was geweest.

Ze liep langs de container, er voorbij. Ze keek om zich heen en zag een houten afzetting, waarmee de container aan drie kanten aan het zicht was onttrokken. Een soort schutting met bomen erachter. Ze probeerde zich weer in Sophie te verplaatsen. Een dronken Sophie, in paniek. Het zou logisch zijn als ze toch voor de container had gekozen. In dat geval konden ze niks. Het spoor volgen leek haar een zinloze actie. Waar moesten ze beginnen? De vuilstort?

Amber keek opnieuw naar de schutting. Het was misschien vergezocht, maar ze moest het controleren. Of misschien was het meer uitsluiten. Ze liep naar voren.

'Wat ga je doen?' vroeg Sophie.

Amber strekte haar armen uit en legde haar handen boven op de schutting. Ze probeerde zich op te trekken, maar dat lukte niet. 'Help me even.'

Sophie bukte zich en vouwde haar handen tot een opstapje. Amber zette haar voet erop. Ze voelde het hout van de schutting in haar handen snijden toen ze zich opnieuw probeerde op te trekken. Haar armen deden gemeen pijn, maar uiteindelijk slaagde ze erin zich zo ver op te drukken dat ze met haar hoofd boven de schutting uit kwam. Haar armen trilden van inspanning.

'Zie je iets?' vroeg Sophie nerveus.

Amber drukte zich eerst verder omhoog, zodat ze half op de schutting kon gaan zitten. Het kostte moeite om haar evenwicht te bewaren, maar op die manier kon ze in elk geval haar armen even rust gunnen. Sophie blikte de hele tijd om zich heen en vroeg een paar keer of Amber al iets zag.

Achter de schutting stond niks bijzonders. Dor gras en wat lage bomen en struiken waarnaar niemand ooit omkeek. Er lag een opengescheurde vuilniszak waaruit plastic en etensresten bulkten. Een zwerm vliegen zoemde eromheen, twee vogels deden zich tegoed aan wat er eetbaar was. Amber liet haar blik dwalen, maar zag niks vreemds. Het was ook vergezocht.

'En?' vroeg Sophie opnieuw.

Amber schudde haar hoofd. 'Nee, niks.'

Ze draaide zich voorzichtig om. De achterkant van haar bovenbeen deed pijn van het zitten op de rand van de schutting. Ze zette haar handen weer stevig neer en liet zich voorzichtig zakken. Nu merkte ze pas dat ze zweette van de inspanning.

'Moet ik je opvangen?' vroeg Sophie.

Amber schudde haar hoofd en mompelde iets, maar eigenlijk had ze haar kracht nodig om niet van de schutting te vallen. Ze keek even naar beneden. Het was toch hoger dan ze dacht. Ze wendde haar blik af en zette zich schrap. Terwijl ze zich voorbereidde op de sprong, keek ze recht vooruit. Eén keer haalde ze diep adem, toen liet ze zich zonder nog verder na te denken vallen.

Ineens zag ze het. Haar hart sloeg over en ze voelde niet eens de pijn in haar benen toen ze neerkwam. Ze wist niet precies wat het was, maar ze had iets gezien. Links in de hoek, half onder de verdorde uitlopers van een struik. Een glimp, meer had ze er niet van opgevangen, maar dat was genoeg om haar onderbewuste te doen aanslaan.

'Ik zag iets', zei ze gejaagd, terwijl ze weer op de schutting begon te klimmen.

'Hoezo?' Sophie haar niet-begrijpend aan. 'Er was toch niks?'

'Ik zag het toen ik eraf sprong.' Ambers voet vond grip op een dwarslat van de schutting. Deze keer had ze Sophie niet nodig. Ze klauterde omhoog en kwam weer boven op de schutting te zitten. Speurend keek ze naar de plek waar ze net iets had gezien. Nu leek er ineens weer niks te zijn.

'Ik klim er even overheen', zei ze. Sophie knikte. Amber steunde weer op haar handen en zette haar voet boven op de schutting. Als kind had ze altijd in bomen geklommen en blijkbaar was ze het nog niet verleerd. Ze zette af, draaide en liet zich aan de andere kant naar beneden zakken. Ze landde hard op haar voeten, maar verbeet de pijn die dat met zich meebracht.

Het droge gras kriebelde tegen haar tenen toen ze naar de struik liep. De takken hadden doornen, wat ze eerst niet doorhad. Ze vloekte binnensmonds toen ze zich prikte. Voorzichtig pakte ze de takken tussen duim en wijsvinger en duwde ze aan de kant, waarna ze net zo hard weer tegen haar benen zwiepten.

'Zie je iets?' riep Sophie vanaf de andere kant van de schutting.

'Nog niet.' Amber wurmde zich tussen de schutting en de struik en ging op haar hurken zitten. Hier ergens had ze een glimp gezien van iets bruins. De struik was dichter dan ze had verwacht en ze prikte zich opnieuw toen ze een tak wegduwde.

Daar lag hij. Het bruin van de tas viel weg tegen het bruin van de struik. Ze deed nog een tak aan de kant en stak haar hand uit. Ze trok aan het handvat. Het was kapot. Ze pakte de tas op en liep achteruit. Een doorn kraste op haar been, maar dat merkte ze amper. Haar hart bonkte in haar keel. De tas zat dicht, haar hand trilde een beetje toen ze de rits opentrok. Hij was leeg, maar toen Amber beter keek, zag ze dat de voering een beetje was gescheurd. Ze pulkte eraan.

Het volgende moment brak het zweet haar uit, maar dit keer niet van de warmte. Haar hart hamerde nu tegen de binnenkant van haar ribbenkast. Het lukte niet om haar handen stil te houden. 'Holy shit', fluisterde ze.

'Amber?' Sophies stem klonk nerveus. 'Heb je iets?'

Amber deed haar mond open om iets te zeggen, maar het lukte haar niet om woorden te vormen.

Het waren er echt veel. Zakjes, allemaal van dezelfde grootte, allemaal gevuld met een afgepaste hoeveelheid witte poeder. Het kwam haar zo bizar voor dat het bijna onmogelijk was om te beseffen dat dit echt was. Ze stak haar hand uit, maar die bleef in de lucht zweven. Onbewust kwamen er allemaal woorden in haar hoofd op. Vingerafdrukken, bewijs, medeplichtig.

'Amber?' Sophie klonk dwingender, bezorgder. 'Gaat het?'

Haar stem klonk schor toen ze uiteindelijk iets wist uit te brengen. 'Ja.' Ze slikte. 'We kunnen beter gaan.'

Ze klom terug over de schutting. Op Sophies gezicht was een mengeling van vragen en bezorgdheid te zien. Amber gaf haar de tas. 'Het is hem', zei ze alleen maar. Sophie keek. Onder haar gebruinde huid werd ze een paar tinten bleker.

'En nu?' fluisterde ze.

Amber haalde een paar keer diep adem. Dat wist ze eigenlijk ook niet. De optie om gewoon naar de politie te gaan, drong zich nadrukkelijk op in haar gedachten. Ze kende de straatwaarde niet van de tas die ze in haar hand had, maar het zou vast veel zijn. Wat ze nu in haar handen had, was niet alleen waardevol, het was ook heel erg strafbaar. Als ze hiermee werd gesnapt, kon ze de bak in draaien.

Ze deed haar mond open. 'De politie...'

Sophie schudde haar hoofd. Ineens klonk ze stellig. 'Dat kan niet.' Ze ritste de tas dicht. 'Daarvoor zijn we al te ver. Als ze daarachter komen...' Ze maakte haar zin niet af, maar schudde in plaats daarvan haar hoofd. 'Die tas moet terug.'

Amber haalde diep adem. Ze knikte. 'Wil je hem meenemen?'

Sophie aarzelde en keek vragend naar Amber. 'Wat vind jij?'

Amber schudde haar hoofd. 'Wat hierin zit, is veel waard. Ik wil echt niet het risico lopen dat we ermee worden betrapt. Dan worden de problemen alleen maar groter.' Ze dacht even na. 'Ik wil hem eigenlijk teruggooien over de schutting en vervolgens bellen. Dan mogen ze hem vannacht zelf gaan halen.'

Sophie keek bedenkelijk. 'Wat als iemand hem in de tussentijd meeneemt?'

'Dat is in de afgelopen dagen ook niet gebeurd.'

Sophie dacht nog even na, maar knikte toen. 'Oké, je hebt gelijk.' Ze stopte de losgehaalde voering terug en ritste de tas dicht. Daarna liep ze een eindje bij Amber vandaan en keek om zich heen, maar er was niemand te zien.

'Nu', zei ze net hard genoeg. 'Het kan.'

Amber gooide de tas en hoorde hem aan de andere kant met een plof landen. Meteen daarna maakten ze zich uit de voeten.

Naast elkaar liepen ze naar de parkeerplaats. Geen van beiden zei iets. Amber probeerde haar gedachten te ordenen. Telkens schoten er vlagen door haar hoofd, losse flodders die ze probeerde te pakken, maar dat lukte niet. Ze had het warm. Niet door de zon, maar van binnenuit, alsof ze koorts had. Haar mond was droog en ze had het benauwd. Een vage misselijkheid had zich in haar buik genesteld, ter hoogte van haar maag. Het was druk op de parkeerplaats, maar ze meed iedere blik. Schuw staarde ze naar het asfalt. Ze had het gevoel dat iedereen van haar gezicht kon aflezen wat er aan de hand was.

Ze stapten in. Amber stak de sleutel in het contact, maar draaide die nog even niet om. Ze legde haar handen om haar gezicht en bleef zitten. Hard beet ze op haar lip. Ze zat doodstil, maar vanbinnen stormde het. In de beslotenheid van de auto leek alles ineens een uitweg te zoeken. Angst raasde door haar lichaam. Ze beefde van de adrenaline. Met haar handen om het stuur kneep ze haar knokkels wit.

'We moeten bellen', zei Sophie. Haar stem piepte een beetje.

Amber knikte. Ze haalde diep adem, en nog een keer. 'Ja', bracht ze uiteindelijk uit.

Sophie slikte hoorbaar. 'Ik durf niet.'

Een tijdje zaten ze zwijgend naast elkaar, terwijl de temperatuur in de auto opliep. Amber registreerde de strandgangers die voorbijkwamen, maar ze zag ze niet echt. Vanuit haar nek liep een straaltje zweet naar beneden, en van haar voorhoofd ook. Ze deed geen moeite het weg te vegen.

Iemand moet het doen, dacht ze ferm. Iemand moest de telefoon pakken en zeggen dat de tas boven water was. Ze wilde ook niks liever dan eraf zijn. Als die mannen de tas terug hadden, zouden ze hen met rust laten, daar moest ze aan vasthouden. Meteen schoten er allemaal dingen door haar hoofd, als lichtflitsen bij een flinke onweersbui. Gedachten die ze niet wilde hebben. Zouden ze hen echt met rust laten? Zouden ze hen zomaar laten gaan? Zij en Sophie wisten dingen. Amber wilde zweren op alles wat ze had dat ze haar mond zou houden, maar was dat genoeg?

Ze kapte haar eigen gedachten af. De waarheid was dat ze het niet wist. Ze wist niet wat er zou gebeuren als ze belde, ze wist niet wat er zou gebeuren nadat de mannen de tas terug hadden. Maar ze waren nu eenmaal in deze situatie verzeild geraakt, zijzelf net zo goed als Sophie, en er zat niks anders op dan het op te lossen.

Ze stak haar hand uit. Met een mond die aanvoelde als schuurpapier zei ze: 'Geef me je telefoon.'

Sophie haalde hem uit haar zak. Amber zocht het nummer waarmee die nacht naar Sophie was gebeld. Terwijl de flitsen in haar hoofd tot een hoogtepunt kwamen, drukte ze op de knop.

De telefoon ging over. Een hoge, langgerekte toon, toen even stilte, en toen weer die toon. In gedachten probeerde Amber te oefenen wat ze moest zeggen, maar de woorden ontglipten haar de hele tijd.

Haar hart ontplofte bijna toen er een klik klonk, gevolgd door geruis. Er klonk een mannenstem. Een woord dat ze niet kon verstaan, of misschien was het alleen maar gegrom.

Amber slikte, maar haar keel zat potdicht. Ze dwong zichzelf diep adem te halen. Uiteindelijk deed ze haar mond open. 'Ik heb de tas.'

Geen antwoord, alleen die ruis. Amber meende een ademhaling te horen, maar ze wist het niet zeker. Ze zoog lucht naar binnen om haar zin te herhalen, maar het volgende moment klonk er een klik en was de lijn dood.

Ze haalde de telefoon van haar oor en keek naar het schermpje. 'Opgehangen.'

Sophie keek gealarmeerd. 'Shit.'

Amber probeerde te bepalen wat dit betekende, maar ze snapte er niks van. 'Ze willen hun tas toch terug?'

'Ze weten wie wij zijn. En waar we zitten.' Sophie keek benauwd. 'Straks komen ze naar het huisje.'

Die gedachte beangstigde Amber ook. Maar voor ze daarover kon nadenken, ging de telefoon. Anoniem, stond er in het schermpje. Hoewel het Sophies telefoon was, nam Amber automatisch op. 'Hallo?' vroeg ze met trillende stem.

'Die tas', zei een andere man, nu wel duidelijk verstaanbaar. De stem klonk zwaar en donker. Amber voelde zweet in haar nek prikken.

'We hebben hem gevonden', zei ze trillend. Om er meteen aan toe te voegen: 'We geven hem terug.'

'Waar is hij?' De man had een typisch Antilliaanse tongval, wat je vooral hoorde bij de letter w.

Amber aarzelde nog heel even, maar zei toen: 'Bij de strandtent.'

De man lachte even, maar het klonk cynisch. 'De strandtent?'

'Wet & Wild. Waar het feest ook was.' Ze realiseerde zich wat een onzinnige toevoeging dat laatste was, maar ze had haar zenuwen nauwelijks in de hand. 'Achter de zaak staan vuilcontainers en een houten schutting. Je kunt eroverheen klimmen. Hij ligt achter de schutting.'

Er kwam geen antwoord. Amber wachtte en aarzelde. Kon ze nu gewoon ophangen?

Uiteindelijk klonk de mannenstem weer. 'Flik me geen geintjes. Geen mensen, geen politie.'

Amber slikte. 'Niemand weet dit.'

Hij maakte een geluid. Het klonk minachtend. 'Mooie dochter heb je. Leuke krullen.'

De verbinding werd verbroken. Amber bleef doodstil zitten met het gevoel dat ze met een moker in haar gezicht was geslagen. Ze dreunde na, fysiek. Haar oren suisden eerst en begonnen daarna te piepen. Haar ademhaling stokte zo lang dat ze daarna naar lucht moest happen. Haar maag trok zo hard samen dat ze ineenkromp van de pijn.

'Wat zei hij?' Sophie trok aan haar arm.

Amber richtte haar blik op haar schoonzus. Ze moest een paar keer diep ademhalen voor ze weer iets kon zeggen, al klonk haar stem nog steeds hoger dan anders. 'Hij zei iets over Robin. Dat ze mooie krullen heeft.'

Sophie slaakte een zachte kreet. Daarna keek ze Amber aan. Op haar gezicht stond te lezen wat ze wilde zeggen, maar Amber schudde haar hoofd. 'Nee, we kunnen niet naar de politie gaan. Daarvoor is het al heel lang te laat. Als we nu gaan, pakken ze ons ook op.' Ze knikte in de richting van de strandtent. 'Ik heb gezegd waar hij ligt. Ze zullen hem wel vinden en dan zijn we overal vanaf.' Ze slikte en zei toen, vooral tegen zichzelf: 'Daar moeten we op vertrouwen.'

'En nu?' vroeg Sophie.

Amber keek op haar horloge. Het was kwart voor zes. Ze waren al te lang weg. 'Laten we maar naar huis gaan', zei ze, al had ze geen idee hoe ze normaal moest doen. 'Anders valt het alleen maar op.'

Met trillende hand draaide ze het sleuteltje om. Even later reed ze de weg op. Alles leek vreemd, vaag. Alsof ze onder water zat en toekeek hoe andere mensen gewoon hun dagelijkse dingen deden. Hoe ze autoreden, of liepen, of ergens stopten om boodschappen te doen. Hoe ze iets dronken op een terras of vrienden begroetten. Geluiden, beelden, ze kwamen vertraagd door. Het was een wonder dat ze gewoon de auto wist te besturen.

Onderweg zeiden ze geen woord. Pas toen Amber de auto stilzette voor het huisje, verbrak Sophie met krakende stem de stilte. 'Waar waren we ook alweer geweest?'

Amber moest nadenken over het antwoord. 'Een kledingwinkel', zei ze toen. 'In Willemstad.'

Ze liepen naar binnen. Iedereen zat op het terras. Robin kwam naar haar toe en sloeg haar armen om Ambers knieën.

'Hé, daar zijn jullie weer', zei Bart. 'Heb je het shirt gekocht?'

Amber haalde haar schouders op en probeerde haar stem normaal te laten klinken. 'Uitverkocht.'

# *Hoofdstuk 10*

HAAR HAND TRILDE TOEN ZE ZICHZELF BIJSCHONK. DE fles klapperde tegen de rand van het glas, er gleed een druppel langs de buitenkant naar beneden. Hoewel ze de zwakke lamp onder de palapa had aangeknipt, was de nacht zwaar en donker. Het moest een uur of twee zijn. De nacht was vol geluiden. Dichtbij snerpten de krekels, in de verte blaften onophoudelijk honden. Af en toe klonk er het geluid van een auto die optrok op de Caracasbaaiweg.

Een zachte wind streek langs haar blote armen. Ze huiverde, hoewel ze het niet koud had. Ze beet op haar onderlip en proefde zout.

Ze had de slaap niet kunnen vatten. Bijna twee uur had ze liggen draaien. Barts regelmatige ademhaling naast haar had haar de zenuwen gegeven en uiteindelijk was ze maar weer opgestaan. Hier buiten met een glas wijn kon ze de gedachten die onophoudelijk bleven rondzingen als ze haar ogen sloot, in elk geval het hoofd bieden. Het was voorbij, hield ze zichzelf de hele tijd voor. Daar moest ze op vertrouwen. Daar wilde ze op vertrouwen. De mannen hadden de tas vast opgehaald. Nu zouden ze hen met rust laten, er was geen reden meer om bang te zijn. Bovendien gingen ze morgen naar huis en dan kon ze alles echt achter zich laten.

Voor haar geestesoog verschenen beelden van de douane, hier of op Schiphol, maar die drukte ze snel weg. Natuurlijk zouden ze niet staande worden gehouden. De enigen die wisten van de tas, waren zij en de criminelen. En die laatsten zouden juist alles doen om te voorkomen dat de douane op de hoogte was.

Er klonk een geluid bij de tuindeuren. Amber schrok op. Automatisch begon haar hart te bonken, maar toen zag ze dat het Bart was. Hij keek even, ontdekte haar onder de palapa en kwam naar haar toe.

'Hé', zei hij zacht. 'Kon je niet slapen?'

Amber schudde haar hoofd. 'Ik heb je toch niet wakker gemaakt toen ik eruit ging?'

'Nee, ik werd wakker en toen merkte ik dat je er niet was.' Hij knikte in de richting van haar glas en keek een beetje vragend.

Amber haalde haar schouders op. 'Misschien slaap ik dan straks wel. Wil je ook?'

Bart schudde zijn hoofd. 'Nee, dank je.'

Hij ging naast haar zitten. Geen van beiden zei iets. De wind ruiste zacht door de bladeren van de palapa en de honden, die heel even stil waren geweest, sloegen weer aan. 'Die beesten moeten toch een keer schor zijn', zei Bart met een glimlachje. Amber reageerde niet.

Bart draaide een kwartslag en keek zijn vriendin aan. Amber had moeite haar blik op hem gericht te houden. Ze wilde wegkijken. Ze had tegen hem gelogen dat er niks was en ze wist niet meer hoe ze haar verhaal voor hem moest verbergen. Ze wist niet eens of ze het nog wilde verbergen. Het was beter van wel, natuurlijk, maar het geheim was zo groot dat het zwaar op haar borst drukte. Ze had het gevoel dat ze nooit meer normaal tegen Bart kon doen.

'Hé.' Bart stak zijn hand uit en streek zacht langs haar wang. 'Gaat het wel goed met je?'

Ineens moest alles eruit. Amber deed haar mond open zonder te weten wat ze ging zeggen. Haar stem begon een eigen leven te leiden.

'Ik moet je iets vertellen', zei ze, en het leek alsof ze daarmee de kurk van een fles trok die al veel te lang dicht had gezeten. 'Er is iets gebeurd.'

Bart keek eerst niet eens verrast, maar hoe meer Amber vorderde met haar verhaal, hoe ongeloviger de blik op zijn gezicht werd. Toen ze vertelde over het telefoontje in de Albert Heijn, onderbrak hij haar met een handgebaar. Hij stond op en liep zonder iets te zeggen naar binnen.

Amber keek hem verontrust na, maar vrijwel meteen keerde hij terug. Hij zette een wijnglas op tafel en schonk in. Amber glimlachte even.

Ze vertelde verder. Over de mannen in het restaurant en op het strand. Over Sophie die zich dingen herinnerde, waardoor ze uiteindelijk de puzzelstukjes net genoeg in elkaar hadden kunnen schuiven om de tas te vinden. Over het telefoontje naar de criminelen en de hoop dat het nu achter de rug was.

Bij dat laatste punt zag Amber haar vriend even weifelen. Ze deelde zijn twijfel. Pas als ze veilig en wel thuis waren, zou ze durven geloven dat het echt achter de rug was. Dat sprak ze uit, Bart knikte.

Het was lang stil. Amber wilde van alles vragen, maar ze durfde de stilte niet te verbreken. Bart draaide zijn glas rond aan de steel en staarde voor zich uit.

Uiteindelijk schraapte hij zijn keel. 'Ik begrijp gewoon niet waarom je dit niet eerder hebt verteld', zei hij. 'Ik ben je vriend, ik dacht dat wij alles samen deelden. Alle belangrijke dingen, althans. En dit is belangrijk.'

Amber knikte half. Ze probeerde in haar hoofd te formuleren waarom ze het niet met Bart had gedeeld, maar de zinnen ontglipten haar. 'Ik weet het niet', zei ze uiteindelijk. 'Het was gewoon beter... Het leek me beter om het eerst op te lossen. Ik wilde je er niet in meetrekken.'

Bart beet op zijn lip en ademde uit via zijn neus. 'Gaat dat er ooit uit bij jou? Altijd zelfstandig willen zijn? Nooit om hulp willen vragen?'

Amber gaf geen antwoord. 'Het belangrijkste is dat de tas terug is.'

Bart dacht even na. 'Weet je dat zeker? Dat die tas nu bij hen is?'

'Ik neem aan dat ze meteen gegaan zijn, maar ik vrees dat ze mij of Sophie geen bedankje gaan sturen. Ik moet er maar op vertrouwen dat het nu achter de rug is.' Ze zweeg even. 'Ik denk dat we het wel hadden gehoord als er geen tas was geweest.'

Bart trok een rimpel in zijn voorhoofd. 'Ik begrijp gewoon niet hoe die drugs in de tas van Sophie terecht zijn gekomen. Ze heeft hem al die tijd bij zich gehad en ze zal toch niet zo dronken zijn geweest dat ze ergens mee heeft ingestemd?'

'Ze weet niet meer of ze hem al die tijd bij zich heeft gehad.'

'Maar dan nog. Zo'n drugshandelaar gaat toch niet zomaar in een willekeurige tas drugs stoppen? Dat lijkt me in elk geval niet zo slim, aangezien je het dan kwijt bent. Of Sophie moet zich als drugshandelaar hebben aangemeld.'

Dat idee kwam Amber zo bizar voor dat ze erom moest grinniken. 'Dat zou dit verhaal zo mogelijk nog vreemder maken dan het al is.'

Bart lachte ook, maar meteen werd hij weer serieus. 'Wat ik bedoel is: er moet toch meer achter zitten? Is ze haar tas uit het oog verloren? Dat is niks voor Sophie.'

'Maar ze was dronken. Ze zegt dat ze zich wel dingen kan herinneren, maar dat ze niet meer weet of ze haar tas op die momenten bij zich had.'

'Hm.' Bart zweeg. Amber dacht na over wat hij had gezegd. Ze zat er al zo ver in dat ze eigenlijk uit het oog was verloren hoe vreemd het precies was. Ze was het met Bart eens dat het hele verhaal volslagen bizar was, maar ze geloofde gewoon niet dat er sprake was van iets anders dan een knullige verwisseling van tassen of hooguit een vooropgezet plan van de criminelen om Sophies tas mee te nemen. Dat Sophie zelf een rol speelde, was gewoon uitgesloten.

'Ja.' Bart knikte toen ze dat hardop uitsprak. 'Waarschijnlijk heb je gelijk.'

Bart nam een slok wijn. Amber volgde zijn voorbeeld. Even dronken ze in stilte. De wind ruiste zacht en Amber huiverde in haar hemdje. Bart sloeg zijn arm om haar heen en ze kroop tegen hem aan. 'Gelukkig is het nu voorbij', zei hij.

'Ik zal vooral blij zijn als we weer in Nederland zijn. Dan durf ik er pas echt op te vertrouwen dat alles goed is gegaan.'

Hij drukte een kus op haar haar. 'Lieve, gekke Amber', zei hij terwijl hij een beetje met zijn hoofd schudde. 'De volgende keer wil ik dat je het me meteen vertelt als er iets is.'

'De volgende keer...' Amber trok een gezicht. 'Als je het niet erg vindt, hoop ik dat die er niet komt.'

Bart pakte haar glas uit haar hand en zette het op tafel. Daarna trok hij haar overeind. 'Kom mee, we gaan slapen.'

Amber knikte en stond op. Terwijl ze hem naar binnen volgde, voelde ze zich lichter dan de afgelopen tijd het geval was geweest.

'We moeten zo wel gaan.' Ineke keek op haar horloge en daarna naar haar kinderen. Herman was al opgestaan en begon zijn spullen bij elkaar te zoeken.

Amber rekte zich uit op haar strandbedje en wierp een blik op haar eigen klok. Nog drieënhalf uur voordat het vliegtuig zou vertrekken en het was hooguit een kwartier rijden naar het vliegveld, een halfuur als het echt tegenzat. Expres waren ze vandaag naar het strand van Blue Bay gegaan, zodat ze al dichter bij Hato zaten.

Ze keek naar Robin, die door Hendrik-Jan was meegenomen naar een vlonder die een meter of veertig verderop in het water lag. Ze vond niks leuker dan erbovenop klimmen en dan met veel bombarie in het water springen. Zelfs vanaf het strand kon Amber haar opgewonden gegiechel horen, en het gejuich van Hendrik-Jan als Robin weer een mooie duik had gemaakt.

Ze had nog even geen zin om haar dochtertje te roepen. Robin had nog zo veel lol en Amber wilde de tijd dat ze moest wachten zo beperkt mogelijk houden. Ze keek toe hoe Ineke en Herman naar een kleedhok verdwenen, gevolgd door Annemieke en Sophie. Zelf bleef ze nog even liggen. Ze was straks in een paar minuten klaar. Haar spijkerbroek en shirt aan, sneakers aan haar voeten en een kam door haar haar.

Ze keek opzij, waar Gijs bezig was om Levi aan te kleden. Haar neefje was het gezien zijn protest niet eens met de gang van zaken, maar werkte toch mee toen Gijs hem een joggingbroek en T-shirt aantrok. Ondertussen leidde Gijs zijn zoontje af met een van diens favoriete spelletjes: het raden van dierengeluiden. Amber moest lachen toen haar zwager een geit nadeed, maar dan wel een geit die een ernstige keelontsteking leek te hebben.

'Nee papa', zei Levi verontwaardigd. 'Dat is geen geit. Dat is een dinosaurus.'

Gijs deed alsof hij gekrenkt was door het commentaar van zijn zoon, maar Amber zag de pret in zijn ogen. Ze wist niet of het haar verbeelding was, maar het leek wel alsof Gijs deze vakantie veel vaker met Levi bezig was dan anders. Normaal was het soms net alsof hij de kans niet kreeg van Sophie, die zelf overal bovenop zat.

Nu had Sophie andere dingen aan haar hoofd gehad, bedacht Amber een tikje cynisch. Haar gedachten gleden weer naar gisteravond, of eigenlijk vannacht, het gesprek met Bart. Toen ze weer naar bed waren gegaan, was Bart vrijwel meteen in slaap gevallen. Amber had nog een hele tijd liggen nadenken, maar het idee dat Sophie zelf onderdeel uitmaakte van het hele scenario, wilde er bij Amber echt niet in. Nog los van het feit dat Amber Sophie daar simpelweg niet toe in staat achtte, was het ook niet logisch. Als ze echt bewust had gehandeld, had ze die tas niet over een schutting gegooid. En Amber geloofde ook niet dat Sophie zo goed toneel kon spelen dat ze al die tijd kon volhouden dat ze van niks wist.

Pas tegen de ochtend was ze in een onrustige slaap gevallen. Ondanks de korte nacht voelde ze zich nu fris. Ergens in haar woelde nog een vage bezorgdheid over de douane die ze straks moesten passeren, maar daar dacht ze maar niet te veel aan.

Ze richtte haar blik op haar dochter, die nu in het water op de schouders van haar oom klom. Daarna zwom hij naar de kant en eenmaal op het strand tilde hij zijn nichtje met het grootste gemak op de grond.

'Mama!' riep Robin vol enthousiasme. 'Zag je mij? Ik sprong de hele tijd in het water.'

'Ik zag het, liefje. Echt knap van jou.'

'Ja, hè?' Robin was duidelijk trots op zichzelf. Ze ging op de rand van een strandbedje zitten en Amber sloeg een handdoek om haar heen. 'En ik vond het helemaal niet eng.'

'Goed zo, meisje.' Amber pakte haar eigen tas en Robins eenhoorn-koffertje. 'Ga je mee? Daar verderop is een douche.'

'Maar ik wil niet douchen', zei Robin. Haar enthousiasme had plaatsgemaakt voor een dreinerige ondertoon. 'Ik wil zwemmen.'

'Dat gaat niet, want we moeten zo naar het vliegveld. Anders missen we het vliegtuig en moeten we hier voor altijd blijven.'

Robins gezicht lichtte op bij dat idee en Amber vond haar eigen opmerking bij nader inzien niet zo slim. 'Dat is niet leuk, want dan zie je Emily en Anne ook niet meer', voegde ze snel toe. Dat waren Robins vriendinnetjes op het kinderdagverblijf. Dat vooruitzicht stond haar dochter duidelijk tegen, want ze kwam nu wel overeind.

'Zal ik haar anders even aankleden?' bood Annemieke aan. 'Ik ben toch al klaar en dan kun jij rustig douchen en aankleden.'

'O, dat is wel heel lief', zei Amber blij verrast. Ze overhandigde Annemieke het koffertje. 'Graag.'

Robin zag het idee ook wel zitten en huppelde vrolijk met haar tante mee naar de douches. Amber volgde hen. Ze spoelde even het zout van zich af en ging zich daarna meteen aankleden. Uit het hokje naast haar klonk Robins vrolijke gegiebel toen Annemieke allemaal gekke stemmetjes deed. Amber glimlachte. Ze had heus wel haar mening over haar schoonzusje, maar niemand kon zeggen dat ze geen leuke tante was.

Even later stonden ze allemaal klaar om te gaan. Robin droeg een roze sweatjurkje en een grijze legging en klaagde dat ze het warm had. Bart droeg haar naar de auto, waar hun koffers lagen. Ze hadden al om twaalf uur moeten uitchecken uit het huisje en Herman had zich grote zorgen gemaakt dat de koffers in de auto moesten blijven, ook al was deze parkeerplaats bewaakt.

'Nou, dat is dan geluk hebben', zei Herman, toen zijn zorgen ongegrond bleken. Hij keek nog eens nadrukkelijk om zich heen, alsof hij verwachtte dat er alsnog mensen zouden komen om zijn spullen te stelen.

De kofferbakken van beide auto's zaten tot de nok toe volgestouwd. Het kostte Amber moeite om een plekje te vinden voor Robins koffertje. Haar eigen tas hield ze op schoot. Ze hoopte maar dat hun bagage de toegestane drieëntwintig kilo niet zou overschrijden, al was haar eigen koffer al zo zwaar dat ze hem amper kon optillen.

Bart reed. Onderweg voelde Amber toch haar zenuwen toenemen, ook al gingen er tientallen argumenten door haar hoofd waarom dat onzin was. Niemand had enig idee wat er was gebeurd, behalve mensen van wie ze vrij zeker wist dat ze de politie of de douane het liefst zo ver mogelijk uit de buurt hielden.

Ze wist dat Sophie ook nerveus was. Vanochtend hadden ze het er nog over gehad. Amber had haar niet verteld dat ze het tegen Bart had gezegd. Bart had beloofd dat hij zijn mond zou houden, tegen Gijs, en tegen de anderen. Dat leek Amber beter. Ze wist dat niet iedereen zo relaxed zou reageren als Bart.

Het was niet druk en binnen een kwartier zette Bart de auto stil bij het inleverpunt voor huurauto's. Gijs haalde een bagagekarretje en onder het toeziend oog van iemand van het verhuurbedrijf laadden ze alle koffers erop. De man was duidelijk niet van plan om te helpen, wachtte tot ze klaar waren en haalde toen een klembord tevoorschijn. Samen met Bart liep hij een rondje om de auto, tekende de papieren en liep daarna naar de andere wagen, waar Herman en Hendrik-Jan net de koffers uit hadden gehaald.

Uiteindelijk waren alle papieren getekend en liepen ze in de richting van de vertrekhal. Robin wilde per se op de koffers zitten, maar omdat Bart het al zwaar genoeg had met duwen zonder zijn dochter erop, hield Amber haar tegen.

'Maar ik wil het', dreinde ze. 'Ik kan niet meer lopen.' Om haar woorden kracht bij te zetten, deed ze alsof haar benen slappe spaghettislierten waren. Amber trok haar wenkbrauwen op.

'Tja, dan kun je helaas niet mee naar huis. Maar het is lekker warm hier, dus je wilt vast wel blijven.'

Robin keek zowel geschrokken als boos. 'Nee, mam', zei ze met duidelijke irritatie in haar stem. 'Ik wil niet in m'n eentje.'

'Kom, ik help je wel.' Annemieke nam Robins handje in haar ene en het roze koffertje in de andere hand en liep met haar nichtje voor hen uit. Robin was haar vermoeide benen alweer vergeten, want ze stapte vrolijk mee met haar tante. Amber keek glimlachend toe. Het zou overdreven zijn om te beweren dat ze deze vakantie naar Annemieke toe was gegroeid, maar ze was wel echt heel blij dat Robin zo'n leuke tante en oom had aan haar en Hendrik-Jan. Misschien moesten ze toch eens wat vaker bij hen op bezoek gaan.

'Zie je, we hadden toch eerder moeten gaan.' Er klonk ergernis door in de stem van Herman toen ze de vertrekhal binnenkwamen. Er waren twee balies open en voor beide stond een lange rij. Op de schermpjes boven de balies was te zien dat bij die twee counters de check-in voor de vlucht naar Amsterdam bezig was.

'Nog eerder?' vroeg Bart licht sarcastisch.

'Dan hadden we niet in de rij gestaan.'

'Volgens mij valt het wel mee', zei Amber. 'We sluiten gewoon aan. Het gaat best wel snel.'

Dat was niet waar, maar Herman hield in elk geval zijn mond. Het wachten duurde lang, maar gelukkig vermaakte Hendrik-Jan de kleintjes door ze om beurten op zijn rug te nemen en heen en weer te lopen door de vertrekhal. Toen hij even wilde uitrusten, gaf Amber Robin haar telefoon. Internet was er niet, maar Robin vond het ook leuk om foto's te kijken. Levi keek over haar schouder mee en bij wijze van hoge uitzondering stond Robin dat toe. Amber keek er verbaasd naar. Normaal gesproken mocht zijzelf al amper in de buurt komen als Robin een telefoon of iPad had veroverd. Eten of speelgoed deelde Robin zonder problemen met anderen, maar als je haar een scherm gaf, kwam het slechtste in haar naar boven.

'Kijk Levi, dat ben jij!' riep Robin nu echter vrolijk, terwijl ze een filmpje keek van haar neefje dat in het zwembad sprong. Er klonk gespetter en gegiechel door de luidspreker. Amber glimlachte. Ergens deed het haar een beetje pijn dat ze nooit met een fijn gevoel op deze vakantie zou kunnen terugkijken. Robin had overduidelijk genoten van de zon, het strand, het spelen met Levi en het voortdurende samenzijn met haar opa en oma. Amber zou zich voornamelijk de stress en angst blijven herinneren.

Ze slikte en rechtte haar rug, terwijl de rij amper leek af te nemen. Het had geen zin om daarover te treuren. Het was nu eenmaal zo. Ooit zou ze er misschien om kunnen lachen of het als een avontuur kunnen zien, maar zover was ze nu nog niet.

Het duurde bijna drie kwartier voordat ze aan de beurt waren. De grondstewardess die hen incheckte bood wel vier keer haar verontschuldigingen aan. Een computerstoring, onderbezetting, een staking van een deel van het personeel. Amber had medelijden met haar, want het meisje kon er natuurlijk ook niks aan doen, maar ze was wel mikpunt van Hermans irritatie. Die haar ogenschijnlijk koud liet. Waarschijnlijk had ze vandaag al genoeg ergernis en hoon gehoord.

'We hebben een erg volle vlucht', zei het meisje met een spijtige blik op de vele handbagage die ze meesleepten. 'Als u handbagage kunt inchecken, zou dat heel fijn zijn.'

Herman deed zijn mond al open om te weigeren, maar Amber pakte Robins koffertje. Daar zat toch alleen maar speelgoed en haar natte zwempak in, en het ding nam best veel ruimte in beslag in een handbagagevak. 'Wacht maar.' Ze plaatste wat spullen heen en weer tussen de koffer en haar eigen tas en zette de roze eenhoorn toen op de band. 'Deze kan wel in het ruim.'

'Mijn koffer!' riep Robin bezorgd.

'Jouw koffer gaat mee in de buik van het vliegtuig', zei Amber, alsof dat een groot voorrecht was. 'En dan zien we hem weer als we in Nederland zijn.'

Robin leek niet onverdeeld gelukkig met die eer, maar ze legde zich erbij neer. Ook Gijs stond zijn handbagagetrolley af. Die had hij toch alleen maar in gebruik omdat zijn koffer anders te zwaar was.

De stewardess legde de boardingpasses op de balie, omcirkelde de gate en de tijd en wenste hun een prettige vlucht.

Bij de handbagagecontrole stond opnieuw een lange rij en ook bij de douane moesten ze wachten. Hoe meer ze opschoven, hoe nerveuzer Amber werd. Ze had het gevoel dat het er nu op aankwam. Expres keek ze Sophie niet aan, maar de paar keer dat ze een blik op haar schoonzus wierp, zag ze dat die zich net zo voelde als zij.

Voetje voor voetje schoven ze op. Amber keek naar de verveelde beambten in de hokjes en probeerde in te schatten wie van de vier mannen en één vrouw ze het best kon treffen. Tegelijkertijd wist ze dat het onzin was om zo te redeneren. Ten eerste had ze weinig keus en ten tweede zou het niet uitmaken. Als haar naam een alarm deed rinkelen, zou het niet uitmaken bij welke medewerker dat gebeurde.

Ze stapte weer een stukje naar voren. Nog vier wachtenden voor hen. Nog drie. Ze staarde naar de muur om Barts blik niet te hoeven vangen. Hij had gezegd dat hij zich geen zorgen maakte over de douane. Ze hoopte maar dat hij gelijk kreeg.

Nog twee. Als ze het goed inschatte, zouden ze bij de vrouw komen. Amber keek naar haar. Ze zat een beetje onderuitgezakt en typte met twee vingers van één hand dingen in op haar toetsenbord. Met de andere hand zette ze met een klap stempels in de paspoorten die voor haar lagen. Zou ieder paspoortnummer worden gecheckt? Of zouden sommige mensen gewoon worden doorgelaten?

Natuurlijk werd ieder nummer gecheckt. Anders wisten ze toch niet wie het eiland had verlaten. Ze sloot even haar ogen en schudde haar hoofd. Als ze geregistreerd stond, was er geen ontsnappen meer aan.

Het oudere echtpaar voor hen in de rij liep naar een vrijgekomen balie. Meteen daarna riep de vrouwelijke beambte: 'Next!' Ze wuifde met haar hand zonder hen echt te zien. Amber wilde eigenlijk Herman en Ineke nog voor laten gaan, maar Bart liep al weg. Hij had Robin op zijn arm. Amber volgde hem. Vanuit haar ooghoeken zag ze dat Sophie en Gijs met Levi naar een andere balie werden geroepen. Ze slikte een paar keer ferm en probeerde zich zo normaal mogelijk te gedragen, wat op zichzelf al een tegenstrijdigheid in zich had. Ze hoopte maar dat het niet opviel dat ze geforceerd ontspannen stond te zijn.

'Goedemiddag', zei ze zo vriendelijk mogelijk. Ze keek de douanebeambte recht aan. Niet wegkijken, zei ze tegen zichzelf. Dan zou het alleen maar lijken alsof ze iets te verbergen had.

De vrouw mompelde iets als antwoord op de groep en pakte het stapeltje paspoorten. Met een schuin oog keek ze naar haar scherm terwijl ze de nummers intoetste. Amber hield haar adem in en beet op haar lip. Elk moment kon het gebeuren. Haar hart hamerde. Ze zette zich schrap.

De bons van de stempel klonk als de hamer van de rechter die haar vrijsprak. Hij suisde na in haar oren. Ze huiverde van de spanning die ineens een uitweg zocht. De vrouw stapelde de drie paspoorten weer op, schoof ze over de balie en knikte bij wijze van groet.

De vloer leek onder haar voeten te golven toen ze verder liep.

# *Hoofdstuk 11*

'Dames en heren, we naderen de luchthaven van Amsterdam. De plaatselijke tijd is kwart voor zeven in de ochtend. Het weer: het is drie graden, er waait een stevige noordwestenwind en het regent.'

Amber trok een gezicht bij het bericht van de gezagvoerder. Lekker, dat Nederlandse winterweer. Hoewel de temperatuur in het vliegtuig sinds Curaçao ongewijzigd was, had ze het meteen koud.

Ze legde haar deken aan de kant en trok haar extra vest aan. Van haar beslissing om haar winterjas thuis te laten, begon ze spijt te krijgen. Ze moesten nog met de trein en de metro naar huis. Gelukkig had ze Robins jas wel meegenomen.

'Zijn we er, mama?' vroeg haar dochter, die naast haar zat. Robin had het gordijntje omhooggeschoven, maar buiten was weinig te zien. Het was nog hartstikke donker. Als je naar beneden keek, zag je een donker vlak met af en toe een knipperend lampje. Amber had geen idee waar ze precies vlogen, maar als ze moest gokken, zou ze zeggen dat dit de Noordzee was en dat de lampjes afkomstig waren van schepen.

In de cabine heerste de bedrijvigheid die erbij hoorde als het personeel alles klaar moest maken voor de landing. Hoewel het lampje al een tijdje aangaf dat iedereen met de riem vast op z'n stoel moest zitten, liepen er nog steeds mensen heen en weer. Bagagevakken werden opengeklapt, hier en daar stond iemand te rommelen in een tas. Twee stewardessen maanden de laatste passagiers te gaan zitten voordat ze zelf plaatsnamen. Iemand riep om dat het licht zo meteen zou worden gedempt en dat dat een standaardprocedure was, zodat er niemand in paniek zou raken en zou denken dat het toestel aan het neerstorten was.

'We zijn er bijna, hè mam?' Robin tuurde nog steeds uit het raam. 'Kijk, lampjes!'

'Mooi, schat.' Amber keek ook naar buiten. Ze vlogen nu boven land. Even daarna waren de vele lampen van Schiphol duidelijk te zien. Het vliegtuig schommelde een beetje toen het in rap tempo daalde. Amber zette zich schrap voor het moment dat de wielen de grond zouden raken. Ze was helemaal niet bang om te vliegen, maar de klap van de landing vond ze altijd een beetje eng. Meteen daarna werd ze in haar stoel naar voren geduwd door de kracht waarmee het vliegtuig remde en even later stonden ze helemaal stil. Het vliegtuig taxiede over de donkere luchthaven en het duurde niet zo lang voordat ze stilhielden bij de gate.

Gelukkig kon de deur vrijwel meteen worden geopend. Het vliegtuig liep langzaam leeg en tegen de tijd dat Amber de handbagage uit de vakken had gehaald, kon ze zo doorlopen.

Zo vroeg op de dag was het nog rustig op Schiphol. Bij de paspoortcontrole stond amper een rij en Amber hoopte dat de bagage er ook snel zou zijn. Ze wilde eigenlijk wel naar huis.

Omdat ze met een vlucht uit Curaçao waren gekomen, moesten ze naar een apart gedeelte van de bagagehal. Amber had gehoord over de honderdprocent-controles, maar ze had het nooit eerder zelf meegemaakt. Alle bagage van alle passagiers werd besnuffeld door drugshonden en moest door een speciaal scanapparaat. Het zag er serieus uit, maar toch had ze weleens gelezen dat ondanks de strenge controles er nog steeds drugs per vliegtuig Nederland in werden gesmokkeld. Zoals zo vaak lagen de criminelen altijd een stap voor op de politie.

Ze posteerden zich naast de bagageband, die nog stilstond. Op het scherm erboven stond dat de eerste bagage over een minuut of vijf zou komen. Amber keek om zich heen, ving de blik van Sophie en wendde de hare weer af. Ze probeerde zo kalm mogelijk te doen, maar op een of andere manier bezorgde die drugscontrole haar de zenuwen. Ze wilde gewoon niks meer te maken hebben met het hele fenomeen.

Een paar minuten later klonk er een alarmsignaal en vervolgens zette de band zich in beweging. De eerste koffers rolden vanuit het luik de band op en passagiers verdrongen zich om bij hun bagage te kunnen. Gelukkig duurde het niet zo lang voordat hun eigen koffers voorbijkwamen. Robins roze eenhoorn tuimelde vanuit het luik de band op en kwam rechtop te staan.

'Mam! Kijk!' Haar dochter klapte in haar handen van enthousiasme. Amber glimlachte.

Uiteindelijk hadden ze alle koffers verzameld, verdeeld over twee bagagekarretjes. Robin sleepte haar eigen eenhoorn achter zich aan. De rij bij de controle was kort en het duurde niet zo lang voordat er een jonge man met een herdershond op hen afkwam.

'O mam, een hond!' riep Robin enthousiast uit. Amber kon haar nog net tegenhouden, anders was ze het dier om zijn nek gevlogen.

'Die hond is aan het werk, schat', legde ze vlug uit. 'Die kan je nu niet aaien.'

Robin begreep er niet zoveel van, maar liet het dier toch maar met rust. Achter haar hoorde Amber Levi protesteren omdat hij een van de andere honden ook niet mocht aaien. Ze hoorde de sussende stem van Sophie en Levi werd stil.

Amber keek toe hoe de honden al hun bagage besnuffelden. De herdershond keek op naar zijn baas, die op zijn beurt naar een collega keek. Amber verwachtte elk moment het teken dat ze konden doorlopen, maar dat kwam niet. De jonge man liep naar een oudere collega, die duidelijk een leidinggevende rol had. Ze overlegden buiten gehoorafstand. Amber slikte. Links en rechts van haar konden mensen doorlopen.

'Zijn we klaar?' vroeg Herman aan een van de andere marechaussees. 'Kunnen we gaan?'

De man keek naar zijn collega's en schudde toen kort zijn hoofd. 'Nog even geduld, meneer.'

Amber zag aan Herman dat hij wilde protesteren, maar toch sloot hij zijn mond weer. Ze slikte een paar keer, maar de misselijkheid die in haar opkwam, liet zich niet terugdringen. Ze had hier helemaal geen goed gevoel over. De twee mannen waren nog steeds aan het overleggen en keken af en toe hun kant op. Amber voelde zweet prikken op haar rug. Ze vermeed expres de blik van Sophie.

De jongste van de twee marechaussees kwam hun kant weer op. 'Wilt u misschien even meelopen?' vroeg hij beleefd, waarna hij een armgebaar maakte in de richting waaruit ze waren gekomen.

'Waarom?' Herman keek zorgelijk en wat geïrriteerd tegelijk. 'Wat is er aan de hand?'

'Loopt u alstublieft even mee.' De man ging hun voor. Toen Amber omkeek, zag ze dat de oudere man hen volgde. Ze keek naar Bart, maar hij keek niet terug.

Ze werden meegenomen naar een kale ruimte met alleen twee roestvrijstalen tafels. Niemand zei iets. Amber keek naar Ineke, die nerveus met haar handen wrong.

'Zou u misschien de koffers op de tafels willen leggen?' vroeg een van de twee mannen. Ambers hart bonsde zo luid in haar oren dat de woorden achter een waas bleven hangen. Gijs, Bart en Hendrik-Jan deden wat er werd gevraagd.

'Waarom zijn we hier, mama?' vroeg Robin. Haar kinderstemmetje klonk misplaatst in de kille ruimte.

Amber antwoordde automatisch. 'Deze mannen willen even kijken wat er in onze koffers zit, lieverd.'

'Waarom?'

Amber liet die vraag onbeantwoord. Haar hersenen weigerden om iets te verzinnen. Gelukkig vroeg Robin niet verder. In plaats daarvan sloeg ze haar armen om Ambers been en ging ertegenaan hangen.

Amber tilde haar dochter op zette een stap naar achter, waardoor ze tussen Sophie en Annemieke in kwam te staan. Er schoten tientallen gedachten door haar hoofd, maar niets was grijpbaar. Er klopte niets van. Ze was echt bang geweest voor problemen met de douane, maar niet op dit punt. Ze was bang geweest dat ze opgepakt zouden worden omdat ze met criminelen hadden samengewerkt, als je het zo kon noemen. Omdat ze informatie hadden achterhouden. Omdat ze door mensen die kwaad wilden, in verband konden worden gebracht met een grote drugscrimineel met wie ze op een feestje geweest waren en die de volgende dag dood was. Al die dingen waren door haar heen gegaan, maar dat ze uitgerekend staande zouden worden gehouden bij de bagagecontrole, had ze dan weer niet bedacht. Ze was bloednerveus en tegelijkertijd wist ze in elk geval zo goed als zeker dat ze nu niet zoveel te vrezen had. Als deze extra controle al verband hield met wat er op Curaçao was gebeurd, dan zou er geen bewijsmateriaal te vinden zijn.

Onopvallend keek ze naar Sophie, die uiterlijk net zo kalm leek als zijzelf. Amber zag echter het spiertje bij haar oog onophoudelijk trillen. Sophie hield haar handen ineengevouwen voor haar buik. Wie goed keek, zag dat ze beefden. Maar Amber was de enige die goed keek.

Ze draaide haar hoofd naar links, waar Annemieke stond. Die hield haar blik recht op de twee mannen gericht. Haar kaaklijn was gespannen. Amber kneep haar ogen samen. Er parelden zweetdruppeltjes op het voorhoofd van haar schoonzus. Ineens schoot de vraag door

Amber heen wat er gebeurd zou zijn als Annemieke wel op het feestje zou zijn gebleven.

De twee mannen begonnen met het doorzoeken van de koffers. Als eerste de hare, zag Amber. Ze hoopte maar dat dat toeval was.

'Van wie is deze koffer?' vroeg de oudste van de twee. Amber stak haar hand op en deed een stapje naar voren. Ze zag haar jurkjes en haar schoenen. De man trok handschoentjes aan en begon haar spullen te verplaatsen. Hij pakte de plastic tas waarin ze wasgoed had gestopt, maakte die open en keek erin. Daarna legde hij hem aan de kant en ging verder met het doorzoeken van de rest van de koffer.

Ondertussen was zijn collega begonnen aan de koffer van Herman. Amber keek naar haar schoonvader, die er tot het uiterste gespannen naast stond en elke keer zijn hand uitstak alsof hij de man wilde manen voorzichtig te doen met zijn spullen.

'Wat is de reden van deze controle?' vroeg hij op een soort strenge toon, alsof hij gezag wilde laten gelden dat hij helemaal niet had. Hij kreeg geen antwoord.

Amber voelde opluchting toen haar koffer werd gesloten en op de grond werd gezet. Daarna pakte de man Robins roze koffertje en klikte het open. Er rolde een barbie uit.

Amber keek naar de andere man, die inmiddels klaar was met Hermans koffer en die van Annemieke had gepakt. Onopvallend keek ze op haar horloge. De trein waarvan ze had gehoopt dat ze hem zouden halen, was inmiddels wel vertrokken. Ze was moe en ze had het koud. Robin hing tegen haar been.

Een rijtje barbies lag nu op de roestvrijstalen tafel. Ernaast lagen tekenspullen. Amber vroeg zich af of de man het koffertje nou echt helemaal leeg moest halen, maar die vraag sprak ze niet hardop uit. In plaats daarvan keek ze toe hoe hij speciale aandacht schonk aan een etui met een paar gummetjes erin. Uiteindelijk legde hij het ding bij de rest van het speelgoed.

Toen het koffertje helemaal leeg was, tilde de man het op en hield het voor zijn neus. Hij bekeek het van de binnen- en de buitenkant, draaide het rond en keek er toen nog een keer naar. Amber sloeg zijn verrichtingen gade met gefronste wenkbrauwen.

Zonder iets te zeggen liep de man weg. Even later kwam hij terug met een schroevendraaier. Amber deed haar mond open om iets te zeggen, maar ze wist niet zo goed wat. Ze voelde haar hartslag toenemen toen de man de schroevendraaier aan de binnenkant in de deksel van de koffer zette.

'Jeetje...' hoorde ze Bart fluisteren toen de binnenkant van de deksel loskwam. Zelf stond ze met grote ogen te kijken. De situatie was zo bizar dat het leek alsof het buiten haar om ging. Ineens leek alles vreemd, op een afstand. De kille ruimte, de koffers vol spullen die aan een ander leven leken toe te horen, de mannen van de marechaussee met hun blauwe handschoentjes. Zelfs de mensen die zo dicht bij haar stonden, leken vreemden. Ze voelde Robins hand in die van haar en dat was het enige wat echt leek te zijn.

Beide marechaussees stonden nu bij Robins koffer. De jongste wrikte nog wat met de schroevendraaier tot hij de binnenkant van de deksel los had. In zijn hand hield hij een paneel van roze plastic. Tussen het paneel en de daadwerkelijke deksel zaten zakjes. Amber sloeg haar hand voor haar mond. Ze had het ineens zo koud dat ze over haar hele lijf begon te beven. Haar greep om Robins hand verstevigde.

Het was doodstil in de ruimte. Amber kon alleen maar staren naar de zakjes. Precies dezelfde als die ze eerder had gezien. Stuk voor stuk gevuld met een kleine hoeveelheid poeder. Ze hoefde ze niet van dichtbij te bekijken om te weten wat het was. Even sloot ze haar ogen, toen opende ze ze weer. Ze voelde haar neusvleugels trillen. Het waren er tientallen, misschien wel meer dan honderd. Ze wist niet hoeveel coke het bij elkaar moest zijn, maar zeker meer dan een kilo.

De twee marechaussees legden de zakjes op de roestvrijstalen tafel en keken daarna om zich heen. Hun blik viel op Robin, die zich nog steeds aan Ambers been vastklemde. Daarna voelde Amber de ogen op zich gericht. Er ging zoveel door haar heen, dat haar gedachten leken te blokkeren. Ze voelde een straaltje zweet van haar gezicht glijden.

Als vanzelf kwamen er meer marechaussees de kamer binnen. Vijf mannen en een vrouw. Amber hoorde ze praten, maar de zinnen drongen niet tot haar door. Verhoren, aparte kamers, uit elkaar. Losse woorden kwamen haar oren binnen. Haar hart hamerde. Ze keek naar haar schoonouders. Die staarden met open mond voor zich uit. Zelfs haar schoonvader hield zijn mond, al stamelde hij af en toe iets. Amber ving het woord 'vergissing' op.

Sophie was lijkbleek geworden, Amber vermoedde dat ze er zelf net zo uitzag. Gijs en Bart stonden naast elkaar en keken met een soort verbaasde frons naar de zakjes op de tafel. Bart deed een paar keer zijn mond open om iets te zeggen, maar sloot hem ook weer. Amber zag dat verbijstering en iets van angst op zijn gezicht om voorrang vochten.

Plotseling hoorde ze geluid naast zich. Het kwam overal bovenuit, waarschijnlijk omdat het detoneerde in de kille zakelijkheid. Het was Annemieke, die haar hand voor haar gezicht had geslagen. Ze sperde haar ogen open en kneep ze daarna dicht met een combinatie van shock en verdriet. Hendrik-Jan stond naast haar en keek naar zijn vriendin met een onbestemde blik op zijn gezicht.

'Loopt u met mij mee?' Amber voelde de hand van de enige vrouwelijke marechaussee om haar bovenarm, dwingend. Ze greep Robins hand extra stevig vast en liet zich meevoeren, de kamer uit, de gang op.

In de deuropening bleef de marechaussee plotseling staan omdat er een geluid klonk. Amber draaide zich om. Annemieke stond nog steeds op dezelfde plek. Ze snikte en slaakte een nieuwe kreet.

'Nee!' riep ze. 'Niet doen! Ik was het. Wij waren het!' Ze huilde. 'Niet mijn familie meenemen. Jullie moeten mij hebben. En hem.' Ze wees naar Hendrik-Jan.

Amber kneep haar ogen samen. Ze schudde haar hoofd. Ze hoorde de woorden, maar die leken af te ketsen op een muur van ongeloof. Ze keek nog een keer naar de zakjes op tafel, terwijl het besef dat vanaf nu niks meer hetzelfde zou zijn, zich hoe langer hoe meer aan haar opdrong.

Het rook zo vertrouwd. Amber deed de deur open, zette haar koffer in de hal en draaide zich daarna om om Bart te helpen met de rest van de bagage. De geur van hun huis bezorgde haar bijna tranen, zo opgelucht was ze dat ze eindelijk weer thuis waren. Ze rilde van vermoeidheid en van de kou die in huis hing.

Bart zette snel de verwarming aan. Amber sloot de voordeur. De koffers liet ze in de hal staan, die kwamen later wel.

'Mama?' Robin trok aan haar trui. 'Ik heb dorst.'

Amber deed de koelkast open, maar daar was niet veel te vinden. Ze liep naar de voorraadkast en haalde er een pak appelsap uit. Terwijl ze een beker volschonk, vroeg Robin of ze op de iPad mocht. Amber stemde toe.

Bart zette eerst de Nespresso-machine aan. Amber keek vluchtig door het stapeltje post en kranten, dat door de buren op tafel was gelegd. Ergens in huis tikte een leiding toen de verwarming aansloeg.

Ze schoof de post aan de kant en ging aan tafel zitten. Robin had op de bank plaatsgenomen. Bart zette een kop zwarte koffie voor haar neer en ging aan de andere kant van de tafel zitten. Ze keken elkaar aan en zeiden niets.

Amber had moeite alles wat er was gebeurd op een rijtje te zetten. Het leek op een film waar ze te veel in was gekropen, maar waar ze uiteindelijk zelf geen deel van uitmaakte. De drugs in Robins koffertje, de plotselinge bekentenis van Annemieke. Daarop had Hendrik-Jan woedend gesist dat ze haar mond moest houden, maar Annemieke was alleen maar harder gaan huilen. Ze had gesnikt dat het zo niet had moeten gaan, wat dat ook mocht betekenen.

Daarna was Amber meegenomen. Ze had een uur met de vrouwelijke marechaussee in een kamer gezeten. Daar had ze alles verteld wat er op Curaçao was gebeurd. Het was geen moment in haar opgekomen om te liegen, of te zwijgen. Ze kon het niet langer opbrengen en ze wist ook niet wat Sophie zou doen.

De vrouw had aantekeningen gemaakt. Ondertussen was ze twee keer weggeroepen. Na een uur had ze gezegd dat Amber kon gaan. Robin was intussen op haar schoot in slaap gevallen, maar was wakker geschrokken. Amber had wel honderd vragen aan de marechaussee, maar ze had niks gezegd. Het enige wat ze wilde was naar huis.

En nu zaten ze aan hun eigen keukentafel en probeerde ze te verwerken wat Bart in de trein al had verteld. Anders dan Amber had hij wel informatie gekregen. En wist hij dat niet alleen Annemieke, maar ook Hendrik-Jan had bekend. Dat ze samen het plan hadden opgevat om met de familievakantie als dekmantel te proberen een kilo cocaïne mee te nemen naar Nederland. Dat ze hadden gedacht, of gehoopt, dat een kinderkoffer niet gecontroleerd zou worden.

Amber was misselijk van het idee dat Annemieke die koffer nota bene cadeau had gegeven alsof ze de leukste tante ter wereld was. En dat Robin er oprecht zo blij mee was geweest.

'Ik snap niet dat ze die honderdprocent-controle hebben onderschat', zei ze nadenkend tegen Bart. 'Het is toch logisch dat zelfs kinderen worden gecontroleerd.'

Bart gaf geen antwoord en draaide zijn kopje rond. Hij leek in gedachten verzonken, maar toen hij opkeek had hij een vreemde blik in zijn ogen.

'Wat?' vroeg Amber, toen hij stil bleef.

Een paar seconden gebeurde er niks. Toen wendde Bart zijn blik af, slaakte een zucht en keek Amber weer aan. 'Ik heb je niet alles verteld.'

Amber staarde hem aan. Ze voelde haar hartslag toenemen. Onbewust rilde ze, maar dat kwam niet door de kou in huis. 'Wat is er dan?' vroeg ze met een stem die hoger klonk dan normaal.

Bart nam een slok koffie. Langzaam, alsof hij het nog wat langer wilde uitstellen. Het duurde nog wel een minuut voor hij begon met praten, Amber durfde niets te zeggen.

'Het zit zo', zei Bart uiteindelijk. Hij schraapte zijn keel. 'Ik heb zelf gebeld.'

Er begonnen radertjes in Ambers hoofd te draaien, maar ze vielen nog niet in elkaar. 'Wie heb je gebeld?'

'De douane.'

Amber begreep er niets van. 'Wanneer? Net?'

'Nee, op Curaçao.' Hij ging verzitten. 'Toen we op het punt stonden het vliegtuig in te gaan. Ik heb ze gebeld en gezegd dat ik het niet vertrouwde.'

'Bart, ik begrijp er niks van.' Amber moest haar best doen om haar stem niet te verheffen. Ze keek even naar Robin op de bank. 'Waarom zou je in vredesnaam zoiets doen?'

Bart haalde diep adem. 'Die avond van het feest heb ik iets opgevangen. Herman ging Annemieke ophalen omdat ze niet lekker was. Ik liep naar buiten omdat ik mijn portemonnee in de andere huurauto had laten liggen en toen hoorde ik Hendrik-Jan bellen. Hij stond voor de deur, helemaal op straat en dacht dat niemand hem hoorde. Ik ving dingen op die ik wel vreemd vond. Hij had het over een tas en dat het spul daar dan in moest. En dat het plan anders liep, omdat de vrouw er niet was. Maar dat hij Frank natuurlijk niet zou teleurstellen, want hij had een nieuw plan bedacht.' Hij sprak de naam op z'n Engels uit. Het was niet moeilijk te begrijpen waar dat een afkorting voor was. Bart streek even over het beginnende baardje op zijn wangen en praatte daarna verder. 'Ik sloeg er niet echt acht op, omdat ik dacht dat het misschien over zijn werk ging. Eigenlijk dacht ik er niet meer aan tot jij vertelde over de drugs en die tas van Sophie. Toen heb ik een paar dingen bij elkaar opgeteld.' Hij zweeg even en verzonk in gedachten. Toen hij verder praatte, keek hij langs Amber heen. 'Die verre vakanties en dure spullen. Laatst dat horloge, bijvoorbeeld. Als je erover nadenkt is het wel vreemd dat ze zich dat kunnen veroorloven. Ineens vielen er een paar dingen op hun plek. Ik had Hendrik-Jan horen praten over een bruine tas en 'die blonde'. Dat moest Sophie natuurlijk zijn. Ik weet niet precies wat het plan was, maar als ik het probeer te reconstrueren zal het iets geweest zijn als dat Annemieke drugs van Franklin in ontvangst zou nemen, maar omdat dat niet doorging zouden ze het in de tas van Sophie stoppen, zodat zij het ongemerkt mee zou nemen naar Hendrik-Jan. Alleen zag zij het, gooide die tas weg en toen Franklin die nacht ook nog werd vermoord, kwam alles onder nog grotere druk te staan. Ineens was iedereen bang voor de politie, maar ook voor de concurrenten.' Hij maakte drukke handgebaren terwijl hij praatte. 'Die drugs moesten en zouden teruggevonden worden, dus gingen ze jullie onder druk zetten. Dat vind ik echt niet normaal: dat Hendrik-Jan ervan wist dat Sophie en jij bang werden gemaakt, dat de kinderen via jullie werden bedreigd...' Hij schudde zijn hoofd alsof hij daarmee die nare gedachte kon wissen. 'Onbegrijpelijk.'

'Maar de douane bellen...' Amber haalde diep adem en schudde licht met haar hoofd. 'Vond je dat niet... Ik bedoel: het is je eigen familie.'

Bart keek fronsend. 'Hendrik-Jan zag er anders ook geen been in om jou en Sophie in gevaar te brengen. Daarmee heeft hij jullie ongevraagd meegesleurd in zijn illegale praktijken om geld te verdienen. Ik geloof niet dat ik iemand die dat doet, in bescherming hoef te nemen. En als mijn zus daaraan meedoet, is dat haar risico.'

Ondanks alles glimlachte Amber even. Barts rechtlijnigheid sierde hem, zoals altijd.

'Ga je dit aan je ouders vertellen?' vroeg ze toen.

Bart twijfelde en haalde toen zijn schouders op. 'Nu nog niet, denk ik. Ze hebben voor nu wel even genoeg te verwerken gehad.'

Amber dacht na. 'Denk je dat Annemieke en Hendrik-Jan de gevangenis in moeten?'

'Ik weet niet precies hoeveel drugs dat waren, maar het zou me niet verbazen.' Er zat iets hards in zijn stem dat Amber niet van hem kende.

'Ik vind het gewoon zo dom van haar', zei hij, toen ze er een opmerking over maakte. 'Zo naïef. Waarom heeft ze zich laten meeslepen? Voor die paar rotcenten?'

'Misschien heeft ze het wel zelf bedacht.'

'Welnee.' Bart maakte een wegwerpgebaar met zijn hand. 'Ik kan me dat niet voorstellen. Het lijkt me aannemelijker dat iemand anders tegen haar heeft gezegd dat dat makkelijk geld verdienen is en dat ze niet heeft nagedacht over de gevolgen.'

Amber schudde haar hoofd. Het erge was dat Bart waarschijnlijk nog gelijk had ook.

'Ik vind het wel sneu voor je ouders', zei ze toen.

'Ja.' Bart knikte een paar keer. Er gleed een schaduw over zijn gezicht. Daarna greep hij zijn kopje en stond op om het opnieuw te vullen.

# *Hoofdstuk 12*

INEKE ZAG ER VEEL OUDER UIT. DAT WAS HET EERSTE WAT Amber opviel toen ze haar schoonmoeder zag. Ineke had altijd een jong uiterlijk gehad voor haar achtenzestig jaar, maar ineens leek ze er wel tien jaar bij te hebben gekregen. Amber had medelijden met haar. Waar Ineke eerst nog oprecht had geloofd dat haar dochter er niks mee te maken kon hebben, was dat vertrouwen inmiddels afgebrokkeld. Hendrik-Jan mocht dan de drijvende kracht achter hun praktijken zijn, Annemieke had inmiddels zelf toegegeven dat ze wist waar hij mee bezig was geweest en dat ze eraan had meegewerkt.

Amber kon het zelf amper geloven. Ze waren nu vijf dagen thuis en nog steeds werd ze meerdere keren per dag overvallen door het gevoel dat ze in een vreemde film was beland. Een film die in elk geval heel weinig te maken had met haar eigen leven, maar toch was het allemaal echt gebeurd. De aanhouding op Schiphol, Robins roze eenhoorn-koffertje, Annemieke en Hendrik-Jan...

Ze had hen niet zelf gesproken. Haar schoonouders hadden aan de telefoon met Annemieke gepraat, had Ineke verteld. Ze was in de war en bang en wist niet meer waarom ze had meegewerkt aan wat Hendrik-Jan had voorgesteld. Dat Annemieke automatisch in die rol kroop verbaasde Amber niet, maar ze betwijfelde of het haar ver zou brengen. Ze was er met haar volle verstand bij geweest toen ze voorstelde om naar dat feestje te gaan.

Want zo was het gegaan, had Amber inmiddels begrepen. Hendrik-Jan, die in Nederland al eens wat klusjes had gedaan op het gebied van drugshandel, had het reisje naar Curaçao als de uitgelezen mogelijkheid gezien om nu eens wat meer te gaan verdienen dan de tientjes of paar honderd euro die hij binnenhaalde met zijn kleinschalige drugshandel. Een familie van onbesproken gedrag, twee kleine kinderen, een betere dekmantel bestond bijna niet, had hij bedacht. Toen hij dat tegen Annemieke had gezegd, stond ze niet meteen te springen, had Amber inmiddels begrepen. Maar ergens had ze toch wel oren gehad naar het plan, omdat het in één klap twintigduizend euro zou opleveren.

Annemieke was bang geweest dat ze bolletjes moest slikken, iets wat ze echt niet wilde gaan doen. Toen bleek dat dat niet aan de orde was, had ze ingestemd met Hendrik-Jans plan. Ook omdat hij haar had verteld dat het om relatief weinig drugs ging. Dat die relatief kleine hoeveelheid genoeg was om alsnog een fikse straf te krijgen, had hij er niet bij gezegd. Annemieke was zelf zo naïef geweest dat ze niet eens had gevraagd om hoeveel drugs het ging, of niet even had gegoogeld naar de gevolgen als ze werden gepakt. Hendrik-

Jan had zijn vriendin wijsgemaakt dat die kans heel klein was. Dat de controle op Schiphol weliswaar streng was, maar geen onneembare horde en dat ze bij heel normale, Nederlandse gezinnen toch geen enkele verdenking hadden. Het idee om de drugs in Robins koffertje te stoppen, was uiteraard ook van hem gekomen. Hij had het naast een dubbele deksel zelfs nog voorzien van speciaal folie, zodat het voor de drugshonden moeilijker was om het spul te ruiken. Althans, dat had zijn contact op Curaçao hem verteld. Amber wist niet eens of er wel een dergelijk folie bestond.

Ze keek op toen Ineke een glas voor haar neerzette. Haar schoonmoeder had niet gevraagd wat ze wilde drinken, maar gewoon meteen wijn voor haar ingeschonken.

'Ik dacht dat je dat wel kon gebruiken.'

Amber glimlachte en knikte. 'Dank je.'

De afgelopen dagen hadden ze elkaar veel gezien. Amber had het gevoel dat ze haar schoonouders beter had leren kennen dan in alle jaren hiervoor het geval was geweest. Dat kon je op een vreemde manier een voordeel van de hele situatie noemen. Het was haar opgevallen dat Ineke vooral bezig was geweest om te zorgen dat iedereen z'n verhaal kwijt kon en dat ze elkaar niet zouden kwijtraken, zoals ze het noemde. Grappig hoe in stress-situaties iemands goede eigenschappen ook nadrukkelijk kwamen bovendrijven.

Ineke had er ook op aangedrongen dat Robin vanavond bij hen zou blijven, zodat Amber en Bart samen uit eten konden en konden praten. Amber vond dat lief, al had ze eerst geen gebruik willen maken van het aanbod. Haar schoonouders hadden genoeg aan hun hoofd, vond ze. Maar Bart had beter dan zij begrepen dat het niet alleen maar om hun belang ging, dat zijn moeder ook graag haar kleindochter over de vloer wilde als afleiding. Dus hadden ze afgesproken dat Robin vannacht bij Herman en Ineke zou logeren. Bart had voor hen tweeën een tafeltje gereserveerd in een nieuw visrestaurant in de Pijp.

Een uur later zaten ze tegenover elkaar. De ober had twee glazen witte wijn ingeschonken en een plankje met brood en verschillende tapenades op tafel gezet. Bart smeerde voor hen allebei een stukje.

In het gedimde licht van het restaurant lichtte het schermpje van Ambers telefoon fel op. Ze keek er vluchtig naar. Een berichtje van Sophie. Of ze morgen op Levi konden passen, want zij en Gijs wilden samen uit eten in Amsterdam. Amber glimlachte en typte meteen terug dat dat geen probleem was.

De afgelopen week had ze niet alleen veel contact gehad met Ineke en Herman, maar ook met Gijs en Sophie. Haar schoonzus was wonderbaarlijk rustig gebleven, wat Amber knap van haar vond. Als ze terugkeek, moest Amber eigenlijk ook toegeven dat Sophie zich op Curaçao kraniger had geweerd dan Amber achter haar had gezocht. Het cliché dat je in een stress-situatie iemand pas echt leerde kennen, bleek echt waar te zijn.

Ze legde haar telefoon weg en pakte het broodje aan dat Bart voor haar had gesmeerd. Ze stopte het in haar mond en pakte haar glas. Bart deed hetzelfde. Hij hield het omhoog met zijn ene hand en pakte met de andere Ambers hand. Hij deed zijn mond open om iets te zeggen, maar sloot hem toen weer. Amber kon ook niks verzinnen. Het hoefde ook eigenlijk niet, ze begrepen elkaar zo ook wel. Ze glimlachte naar Bart en bedacht dat ze door alles wat er was gebeurd in elk geval eens te meer had beseft wat een bijzondere man ze had.

Linda van Rijn is bestsellerauteur van vakantiethrillers, van haar boeken zijn bijna 3 miljoen exemplaren verkocht. In 2022 is bekendgemaakt dat Linda van Rijn het pseudoniem is van Mariëtte Middelbeek. Zij is journalist en auteur en publiceert ook onder haar eigen naam. Veel lezers kennen haar van haar succesvolle romans als *Single & Sexy, Turbulentie* en *De brief van tante Rosy*. Mariëtte schrijft ook bundels met waargebeurde verhalen (zoals *De verhalen van de mensen van de ambulance* en *Verhalen van de brandweer*), thrillers voor jeugd en volwassenen (*Flashback, Revanche*) en historische romans in de serie Vrouwen van Vechtlust (*Anna, Julia*).

In juni 2024 verschijnt *Ardèche*,
de 34e thriller van Linda van Rijn

## *Thrillers van Linda van Rijn*

34. *Ardèche*
33. *Terschelling*
32. *Beach Resort*
31. *Villa Algarve*
30. *Playa Blanca*
29. *Ciao Bella*
28. *Sneeuwblind*
27. *Provence*
26. *Zandvoort aan Zee*
25. *Familiediner*
24. *Bloedkoraal*
23. *Strandslag*
22. *Ibiza Club*
21. *Zoutelande*
20. *Costa Brava*
19. *Bestemming Bonaire*
18. *Zomernacht*
17. *Casa Ibiza*
16. *Winterwereld*
15. *Zomerhuis*
14. *Winterzon*
13. *Zeezicht*
12. *De Jaarclub*
11. *Vive la France*
10. *Ski Resort*
9. *Voetbalvrouwen*
8. *Villa Toscane*
7. *Off Piste*
6. *Viva España*
5. *Winter Chalet*
4. *Vakantievrienden*
3. *Blue Curaçao*
2. *Piste Alarm*
1. *Last Minute*

Colofon



Redactie: Karin Dienaar
Omslagontwerp: Riesenkind
Zetwerk: V3-Services v.o.f.
Druk: Norhaven

Eerste druk november 2016
Veertiende druk maart 2024

ISBN 978 94 6068 408 1
E-ISBN 978 94 6068 794 5
NUR 305



uitgeverij marmer

Uitgeverij Marmer BV
Noorderstraat 55
3742 BB BAARN
+31 649881429
www.uitgeverijmarmer.nl
info@uitgeverijmarmer.nl

@lindavanrijnthrillers
@lindavanrijnthrillers